佐藤賢一著

ダルタニャンの生涯

―史実の『三銃士』―

岩波新書

771

目　次

写真提供
Ⅱ　中扉：フランス政府観光局
Ⅳ　中扉：千葉三銃子

I　三銃士

『ダルタニャン氏の覚え書』(本文参照)の表紙にあしらわれた肖像画

デュマの銃士

冗談半分で、ときどき思う。世界で最も有名なフランス人はダルタニャンではなかろうかと。いうまでもなく、十九世紀の文豪アレクサンドル・デュマの不朽の名作、『三銃士』の主人公のことである。

一八四四年三月十四日から七月十四日まで、フランスの新聞『シエークル(Siècle：世紀)』に連載された物語は、文学史を塗り替える空前の大ヒットになった。世界中で翻訳され、必須の古典として読み継がれ、また絵本化、芝居化、劇画化、映画化は今日なお引きも切らないとなれば、主人公のダルタニャンを最も有名なフランス人と形容しても、あながち乱暴ということにはなるまい。続編『二十年後』が一八四五年一月二十一日から八月二日にかけて、そのまた続編『ブラジュロンヌ子爵』が一八四七年十月二十日から一八五〇年一月十二日にかけて、同じ『シエークル』紙に連載され、フランス王に仕える銃士の物語は、まさしく大河小説の体《てい》をなすのであり、このあたりも図抜けた知名度の秘密なのかもしれない。

舞台は十七世紀フランス。国王ルイ十三世に政治の全権を委ねられ、宰相リシュリュー枢機卿はラ・ロシェルに籠城した新教徒を容赦なく討伐するなど、ときに圧政とも非難される強権的な政治を行う。いうところの絶対王政の出現である。一六四二年に枢機卿が、四三年に国王が相次いで倒れると、少年王ルイ十四世が即位を果たし、太后アンヌ・ドートリッシュの摂政政治が始まる。実際に政務を執るのは、次代の宰相マザラン枢機卿である。内に磐石の支配を打ち立て、外にドイツ三十年戦争の介入を果たし、半世紀に及んだ二枢機卿の執政は、フランスの国威を大いに高揚させた。恵まれた御膳立てを背景に、今や青年王のルイ十四世は一六六〇年、いよいよ親政を開始する。内に絢爛たるヴェルサイユ宮殿の雅びを誇り、外に欧州最強の軍隊を擁する侵略戦争を繰り返し、フランスをヨーロッパ随一の大国に興隆させた太陽王の時代、フランス史にいう「大世紀(Le Grand Siècle)」の到来である。

かかるブルボン王朝の正しい歴史を背景に、文豪デュマは勇気凜々、才気煥発の主人公を、アトス、ポルトス、アラミスという三人の魅力的な友人たちと絡めながら、まさしく縦横無尽に活躍させた。銃士志望の若者ダルタニャンがパリ上京を果たし、ルイ十三世の王妃アンヌ・ドートリッシュの名誉を守るため、イギリスに冒険の旅に乗り出す『三銃士』。中年の銃士隊長代理ダルタニャンが、反乱の渦中でマザラン枢機卿を助け、また宰相の密命で清教徒革命のイギリスに潜入して、国王チャールズ一世の救出を試みる『二十年後』。熟年の銃士隊長ダルタニャンがイギリスの王政復古に尽力し、また華やかなりしルイ十四世の宮廷で、アトスの息子ラウルの恋を見守りながらも、アラミスが「鉄仮面」を擁して巡らす陰謀と戦う『ブラジュロンヌ子爵』。

片田舎のガスコーニュから、はるばるパリに上京する場面に始まり、オランダはマーストリヒトで戦没する場面に終わるまで、混乱を極めたフロンドの乱あり、財務長官フーケの壮絶な失脚劇あり、恋多きルイ十四世と寵姫たちの物語ありと、随所に史実を盛りこんだ迫真の展開に夢中になるうち、あるいはダルタニャンは本当にいたのかもしれないと、ついつい思い始めたとしても無理はない。してみると、急に気になり、慌てて読み返してしまうのが、『三銃士』の冒頭に掲載された、デュマ自身による序文である。

「約一年ほど前、王立図書館で、ルイ十四世の歴史に関して調査中、たまたま、《ダルタニャン氏の覚え書》という活字本を発見した。これは当時、バスチーユ牢獄の御厄介にならずに言いたいままの真実を書こうとした作者の習わしに従って、アムステルダムで印刷されピエール・ルージュによって刊行されている。表題が私を誘惑した。で、早速家に持ち帰り――もちろん、図書館係殿の許可を得てである――読破した」(岩波文庫、生島遼一訳)

さらにデュマは、しかる後に『ルイ十三世の末期よりルイ十四世代初期に至る間に、フランス国内に起こりたる若干の事件に関する、フェール伯爵(作中アトスのこと)の覚え書』という未刊行本を発見したので、これに『三銃士』の題を付して、このたび出版するのだと、作家らしい確信犯的な嘘を連ねる。ちなみにアトスの回想録などは存在の痕跡もない。それでも『ダルタニャン氏の覚え書』のほうは史実として、一七〇〇年にケルンで初版が、一七〇四年にアムステルダムで二版が発刊されている。発禁処分を恐れて国内では出版できないくらい、きわどい内容が盛り沢山という書物は、密かにフランスに持ちこまれるや、たちまち流布した実在の出版物なのである。

クールティル・ドゥ・サンドラスの銃士

かの『三銃士』には種本があった。『ダルタニャン氏の覚え書』というからには、この有名人は確かに実在していたのだ。そんな風に興奮するのも束の間、よくよく調べを進めてみると、この『ダルタニャン氏の覚え書』、より正確には『ルイ大王の御世における特別な事件を、ふんだんに述べるところの、国王銃士隊一番隊の隊長ダルタニャン氏の回想録(Mémoires de Monsieur d'Artagnan, capitaine-lieutenant de la première compagnie des mousquetaires du roi, contenant quantité de choses particulières qui se sont passées sous le règne de Louis le Grand.)』は、完全なフィクションなのだと判明する。「回想」とはいいながら、それはダルタニャンが書いたものではなく、ガティアン・クールティル・ドゥ・サンドラスという、一六四四年にパリに生まれ、十七世紀末葉から十八世紀初頭にかけて活躍した、また別な作家が書いた歴とした文芸作品なのである。

この『ダルタニャン氏の覚え書』だが、その内容ときたら、デュマ愛好者を仰天させるものがある。クールティル・ドゥ・サンドラスの物語も、青年ダルタニャンの上京で幕を開ける。知己だから頼れと、父親に銃士隊長トレヴィル宛の推薦状を託され、いざパリを目指したものの、途中のサン・ディエ(『三銃士』ではマン)で、ロネー(『三銃士』ではロシュフォール)という貴族と喧嘩になり、折角の推薦状を奪われるという頭の逸話が似ているだけではない。いざ王都に到着すれば、三兄弟の三銃士としてアトス、ポルトス、アラミスが登場するわ、一緒に枢機卿付の護衛隊士と喧嘩することになり、たちまち友情を取り結ぶわ、ほとんど『三銃士』の冒頭部分と同じなのである。果ては第九章の見出しに堂々と「ミラディ」の文字があるのだ。この魅力的な女密偵だけは、デュマの独創に違いないという確信も、あっさり裏切られて終わる。また『ダルタニャン氏の覚え書』は上京から戦没までの一代記になっており、このあたりがデュマに続編の構想を抱かせたことも疑いない。

種本に用いたというより、もう盗作ぎりぎりである。とはいえ、今更のようにデュマの弁護に回ると、もちろん違う部分も沢山ある。物語の展開からして別物であり、その結果として数倍は面白くなっている。なにより、デュマ作品が三人称であるのに対して、クールティル・ドゥ・サンドラス作品は一人称であり、叙述の前提からして違うのだ。いかにもダルタニャン本人が回想したかの題名といい、これは当時流行した「偽回想録(mémoire apocryphe)」という創作スタイルだった。あること、ないこと書き連ねておきながら、本人が述懐したような体裁を整えて、法螺話にも真実味を与えようという、実に作家的な工夫なわけである。

ほとんど山師ともいえる文士クールティル・ドゥ・サンドラスは、他にも沢山の武官、文官の名前を借りて、宮廷の醜聞を数々でっちあげている。ルイ十四世時代は厳しい書物の検閲でも知られるが、宮廷人の不利益なども平気で書けば、作家は当然バスティーユ送りである。この要塞を流用した牢獄に、クールティル・ドゥ・サンドラスも二度ほど世話になっている。最初は一六九三年四月から一六九九年三月までの六年間だが、ときにバスティーユは政治犯専用の牢獄である。一緒に収監されていた宮廷筋の事情通を訪ね歩いて、めげない作家は服役中にも精力的な取材を実行したようである。その成果が釈放の翌年、一七〇〇年に今度は用心深く国外ケルンで出版した『ダルタニャン氏の覚え書』である。一七〇二年に再び逮捕され、今度は一一年まで九年間も臭い飯を食わされるが、さておき、偽回想録の作風といい、取材活動の事実といい、作家生活の難渋といい、『覚え書』成立の逸話が明らかになるほどに、やはりダルタニャンの実在が前提にあるように思えてくる。

実のところ、クールティル・ドゥ・サンドラスは変わり種の作家だった。三十歳すぎまで軍隊に務めながら、あえなく解雇されてしまい、それから剣をペンに持ち替えたという、珍しい経歴を持つからである。その軍隊時代であるが、一六六〇年から外国人部隊に旗手として転出する六七年まで、他でもない銃士隊に属していた。在籍当時の銃士隊長は、その名を「シャルル・ダルタニャン伯爵」という。

史実の銃士

結論からいえば、ダルタニャンは実在の人物だった。十七世紀フランスの史料を丁寧に探せば、公文書にも、私文書にも、その名前は頻繁に現れる。『三銃士』にかけていえば、アトス、ポルトトス、アラミスならぬ、デュマの銃士、クールティル・ドゥ・サンドラスの銃士、そして史実の銃士と、またダルタニャンも三人いるわけである。

デュマの銃士がクールティル・ドゥ・サンドラスの銃士に基づき、クールティル・ドゥ・サンドラスの銃士が史実の銃士に基づいているからには、小説も、偽回想録も、実は先入観で疑うほどには、大きく史実を逸脱しているわけではない。とりわけ関係史料が増える後半生に関しては、かなり正確に史実を踏まえた叙述になっている。関係史料が増えるというのは、実在のダルタニャンも貧乏貴族から一代の立身出世を成し遂げて、銃士隊の指揮官として、宮廷の要人になるからである。が、だからといって、小説を地で行くような波瀾万丈の生涯だったかというと、それは別問題である。

ダルタニャンは有体《ありてい》にいえば、いわゆる「歴史上の人物」ではない。王侯、英雄、偉人の類ではないという意味である。太陽王ルイ十四世に仕えたというだけで、もとより王族ではない。確かに出世しているが、その程度の出頭人も特に珍しいものではなかった。同時代には財務総監コルベール、陸軍大臣ル・テリエ、グラモン公爵、ローザン伯爵、なかんずく二人の宰相リシュリュー枢機卿、マザラン枢機卿というように、さらなる大出世を遂げて、国家の中枢を占めた人物が、まさに鈴なりの体なのだ。また確かに有能な軍人ではあったろうが、それもコンデ大公やテュレンヌ元帥のような、大合戦を差配した名将というわけでなく、ヴォーバン元帥のように築城という特殊技能を有していたわけでもない。歴史の教科書にも名前を残す錚々たる綺羅星たちに比べると、銃士隊長ダルタニャンなどは、どうにも小粒な印象が否めないのである。

要するに、ちょっと成功した地味な一軍人にすぎない。にもかかわらず、ダルタニャンは世界で最も有名なフランス人なのであり、知名度という点では先に連ねた錚々たる面々のほうが、今度は相手にしてもらえないことになる。ひとえに文豪アレクサンドル・デュマの傑作のおかげであり、ためにダルタニャンのような小物も史実の山から掘り起こされ、かろうじて実在を確認されたと、そういう言い方のほうが正しいのかもしれない。

改めて、偉いのは『三銃士』である。が、かくも偉大なデュマの小説は、クールティル・ドゥ・サンドラスの偽回想録がなければ生まれえず、またクールティル・ドゥ・サンドラスの偽回想録も、史実のダルタニャンが魅力的でなければ生まれえない。こうして論法を逆転させると、最も偉いのは史実のダルタニャンということになり、今度は小粒だの、凡庸だの、地味だのと簡単には片づけられない気がしてくる。

少なくとも安直に断定できないのは、本当のところを我々は何も知らないからである。ダルタニャンという世界で最も有名なフランス人は、いうなれば、未だに「無名の人物」なのである。全体どんな人物だったのか、ひとつ明らかにしなければなるまい。どんな人物であれば、歴史小説の主人公として、世界中で愛されるようになるのか、ひとつ考えてみなければなるまい。歴史小説家の端くれとして抱いた、そうした素朴な疑問が実のところ、本書の出発点になっている。

II　パリに出る

ガスコーニュの田園風景

1 偽らざる素性

ダルタニャンの故郷

我らが主人公こと、シャルル・ダルタニャンは一六一五年ごろ、フランス南西部、いうところのガスコーニュに生を享《う》けた。「ごろ」と表現が曖昧になるのは、正確な生年月日を特定できないからである。他の史実から類推すると、一六一五年ごろの生まれだろうということで、ダルタニャンの生年に関しては、早いもので一六一〇年、遅いもので二三年と結構な幅で諸説がある。いずれにせよ、デュマが『三銃士』で設定した一六〇五年ごろという生年は間違いで、これは物語をラ・ロシェル攻防(二七年から二八年)に絡める目的で行われた、完全な操作である。とはいいながら、自分勝手な文豪が同じ作中で繰り返すからといって、ダルタニャンの生国がガスコーニュであるという点までが、綺麗に嘘というわけではない。

ガスコーニュは西に大西洋、南にピレネ山脈、あとの北東をトゥールーズからボルドーに流れ下るフランス四大河川の一流、ガロンヌ河に斜めに切り取られながら、おおよそ直角三角形を形づくる一帯のことである。フランスの首都パリから見れば、最果ての僻地ということになり、今なお北端の大都市ボルドーに到着するだけで、モンパルナス駅からTGVで三時間を要する。さらに深奥に踏みこもうと思えば、なおのこと時間と手間がかかるわけだが、覚悟の上で、あえて訪ねる物好きな旅行者は、それほど多くはないように思われる。フォワグラの本場だという取柄を除けば、ガスコーニュなど、なんの変哲もない長閑《のどか》な田舎にすぎないからである。

のんびりと車窓の景色を眺めれば、まず目を引くのは低木の葡萄畑だろうか。ボルドー酒は有名だが、さらに道は南に下ると、コニャックと並び賞せられる蒸留酒の産地、アルマニャック(中世の伯領)に通じていく。ガロンヌ河に沿いながら、または大西洋と地中海を連結するべく端正に人造された南仏運河を横目にしながら、ボルドー、アジャン、トゥールーズと経由する分には、いかにもフランスらしい平坦な地形が続く。が、このアルマニャックに進むにつれて、景色は劇的に変化するのだ。

さすがはピレネ山脈の麓だと思わせながら、亀の甲羅を並べたような小高い丘の起伏が、えんえんと連なり始める。こんもり頂上だけに団栗《どんぐり》林を残しながら、すっかり斜面は畑に開密されているという、それがガスコーニュに特有の景観である。葡萄畑の他にも、麦畑、向日葵《ひまわり》畑、牧場と現れ、山がちながらも豊かな穀倉を感じさせる風景は、どこか日本の田舎に似ていないでもない。あるいは印象的なのは見事な糸杉の林だろうか。冬枯れの時期には枝の股に、まあるく寄生木《やどりぎ》だけが繁茂する物淋しげな風情だが、夏は木漏れ日もないほど密に葉が繁るため、この土地では「天幕の内のようだ」と形容されるそうである。

糸杉林が重宝するというのは、ガスコーニュは夏が尋常でなく暑いからである。ときに太陽光は致命的で、そのために皆が木陰に集まり、また家々では夏こそ鎧戸が閉められる。こうした厳しい土地に住む人間は、それでは、どんな風だったというのか。

今日の観察を無責任に述べるより、ここではダルタニャンが生きた十七世紀の証言を引いたほうが、本書の目的にかなうだろう。以下はレオン・ゴドフロワという同時代人が、一六四四年にガスコーニュを旅したときの紀行文である。

「この土地の人々は真黒とはいわないまでも、尋常でなく日焼けしている。加えるに、どうにも醜さとか異形を好む性癖があるようで、頭にも、顎にも、唇にも毛をみることがないという風に、全て綺麗に剃り落としてしまっている。男たちは「ベレー」と呼ばれる大きな椀帽で頭を被う。女たちは「サコット」と呼ばれる形も被り方も簡素な頭巾で頭を被う」

ちなみに「ガスコーニュ」という地名は、ラテン語の「ヴァスコニア(バスク人の国)」に由来している。有名なベレー帽は元来がバスクの民族衣装である。現にガスコーニュはピレネを挟んで、スペインのバスク地方と隣接する土地であり、バスク人そのままとはいわないまでも、いわゆるフランス人とも一線を画して、独自の伝統、文化、慣習を築いてきた。

もちろん、現在はフランスであり、きちんとフランス語が通じる。が、十七世紀当時の言葉は、ときにフランス人を相手に、意思の疎通を困難にするくらいだった。一六六〇年、フランス王の宮廷がガスコーニュを巡行したとき、同道したルイ十四世の従姉妹、モンパンシェ夫人は次のように述懐している。

「この土地はプロヴァンスよりも、ずっと美しいように、わたくしには思えます。山羊や雌牛をみかけたりすると嬉しくなってしまいましたし、皆さんが話す言葉を聞いても、飛びきり愉快な気分になりました。そう申しますのも、ガスコーニュ語はフランス語と似ていますでしょう。ほとんど全ての地元の方はガスコーニュ語を解しますし、土地の言葉はプロヴァンスよりも普通に使われています」

奇妙な表現で「フランス語と似ている」と評される独自の方言が、この一角では逞《たくま》しく生き続けていたことがわかる。「ガスコーニュ語」といわれるまでに、文化的には自立していた地方なのだが、惜しくも現在のフランス共和国は「ガスコーニュ」という地名を採用していない。中世の昔に「ガスコーニュ公領」が置かれていた時代もあるが、十七世紀当時もギュイエンヌ地方総督区とボルドー高等法院区に組み入れられ、「ガスコーニュ地方総督区」や「ガスコーニュ高等法院区」のような、なんらかの行政管区が置かれていたわけでなかった。

独自の言葉に象徴されているように、むしろガスコーニュは文化的な空間認識である。境界も人為的な線引きでなく、西の大西洋、南のピレネ山脈、北東のガロンヌ河と、いずれも地理的な指標にすぎない。いわゆる自然境界に枠取られた、慣習的な空間認識であるというほうが、あるいは正鵠を射るだろうか。いずれにせよ、現在の行政管区にあてはめると、おおよそジロンド県、ロー・エ・ガロンヌ県、タルン・エ・ガロンヌ県、オート・ガロンヌ県、ランド県、ジェール県、アリエージュ県、ピレネ・アトランティーク県、オート・ピレネ県までを包含することになる。

地図で確認してもらうと、一目瞭然に実感できるのだが、一口にガスコーニュといっても広い。ダルタニャン出生の地を、さらに詳しく述べるために、それを中世フェゼンサック伯領の中核と説明するべきか。あるいは当時のアルマニャック徴税管区の一角と。あるいは現

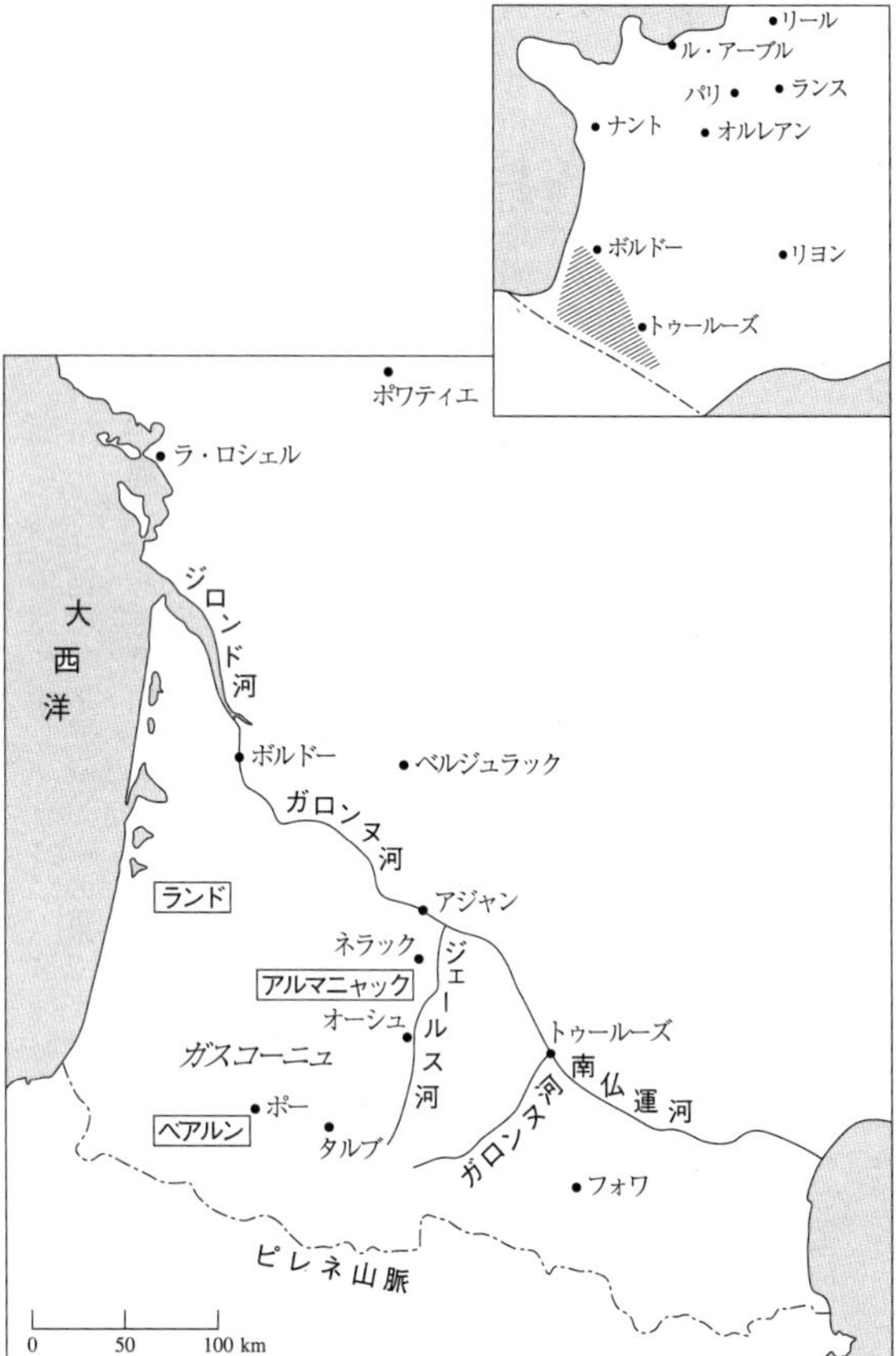

ガスコーニュとフランス全土のなかの位置(右上)

代のジェールス県と。

県名の由来となったジェールス河は、アジャン市の東でガロンヌ河に合流する流れである。この河沿いに進む山道、国道二一号線を南に登り、オーシュ市で西に折れて、今度は国道一二四号線を進むと、ヴィック・フェゼンサックに到着する。さらに一六キロほど南西に行くと、リュピアックという村落が現れるが、その近くの小山に鎮座するカステルモール城という建物が、我らが主人公が産声を上げた場所である。何度も改築を加えられながら、現在も城は円錐屋根の円柱塔を備えて、きちんと十七世紀と同じところに聳えている。

ときに、古来ガスコン（ガスコーニュ人）は熱血漢が多いとか、また狡猾に知恵が働くとか、はたまた信用ならない曲者だとか評されてきた。この気風が魅力的な人物造形に便利なせいか、クールティル・ドゥ・サンドラスも、デュマも、作中でダルタニャンはガスコンだと再三くりかえすわけなのだが、さらに詳しい出生地をベアルン（中世の副伯領、おおよそ現在のピレネ・アトランティーク県）と特定する段になると、これは誤りであると指摘しなければならない。とはいえ、偽回想録の作者にも、その傑作で嘘を広めた文豪にも、全く同情の余地がないわけではない。史実のダルタニャン本人からして、嘘をついていたからである。

我らが主人公は、その本名を「シャルル・ドゥ・バツ・カステルモール」といった。晴れがましい「伯爵」の位も持たなければ、かくも知られた「ダルタニャン」という名前も偽名である。が、今度は我らが主人公を弁護するなら、名前のほうは全くの偽名というわけではない。後の銃士隊長は父ベルトラン・ドゥ・バツ・カステルモール、母フランソワーズ・ドゥ・モンテスキュー・ダルタニャンの間に生まれた子供だった。ダルタニャン家は母の実家なわけで、こちらの城と領地はカステルモールより一層ピレネ山脈に近い、ヴィッカン・ビゴールの郊外に位置している。ここならベアルンにも近い。ために偽回想録の作者も、文豪も勘違いしてしまったのかもしれない。

いずれにせよ、なんとも紛らわしい話だ。我らが主人公は、どうして好んで母方の姓など名乗ったのか。その理由を探る前に、まずは「伯爵」というような、後に用いる虚栄のほうから正していきたい。この点ではデュマが正しく描き出しているように、史実のダルタニャンも名門貴族の御曹司などではなかったからである。

家門の歴史

ダルタニャン自身は確かに銃士隊長の高みにまで登り詰めた。が、その父親ベルトラン・ドゥ・バツ・カステルモールは、当時のフランスで「ジョンティヨム (gentil homme 英語にいうジェントルマン）」と呼ばれる、しがない小貴族にすぎなかった。ばかりでなく、バツ・カステルモール家は素性あやしい新興家門であり、その歴史も十六世紀までしか遡ることができない。

初代家長アルノー・ドゥ・バツは、サン・ジャン卿というガスコーニュ貴族の私生児だったとも説があるが、確かなことはリュピアックに切れ者の商人として、なかなかの声望を得ていた事実だけである。一代で相当額の富を稼ぎ、アルノーは次々と不動産を買収した。カステルモール城とラ・プレーニュ城で、どちらも小作地付の領地である。フランソワーズ・ドゥ・ベンケという名前の、なにやら貴族令嬢らしい女性と結婚すると、息子が二人できたので、長男のベルトランにはカステルモール城を、次男ピエールにはラ・プレーニュ城を相続させる。

折しも時代は十六世紀の後半であり、フランスは宗教改革の波を受けた新教派と旧教派の争い、いわゆる「ユグノー戦争」の内乱の渦中にあった。ヨーロッパでは伝統的に貴族＝武人という考え方が強いが、この内乱の機会に二代目家長ベルトランは軍隊に身を投じた。奥方の名前をアンヌ・ドゥ・マサンコムというが、この女性が当時の高名な将軍、ブレイズ・ドゥ・マサンコム・ドゥ・モンリュックの近い親戚だという幸運に恵まれたからである。こ

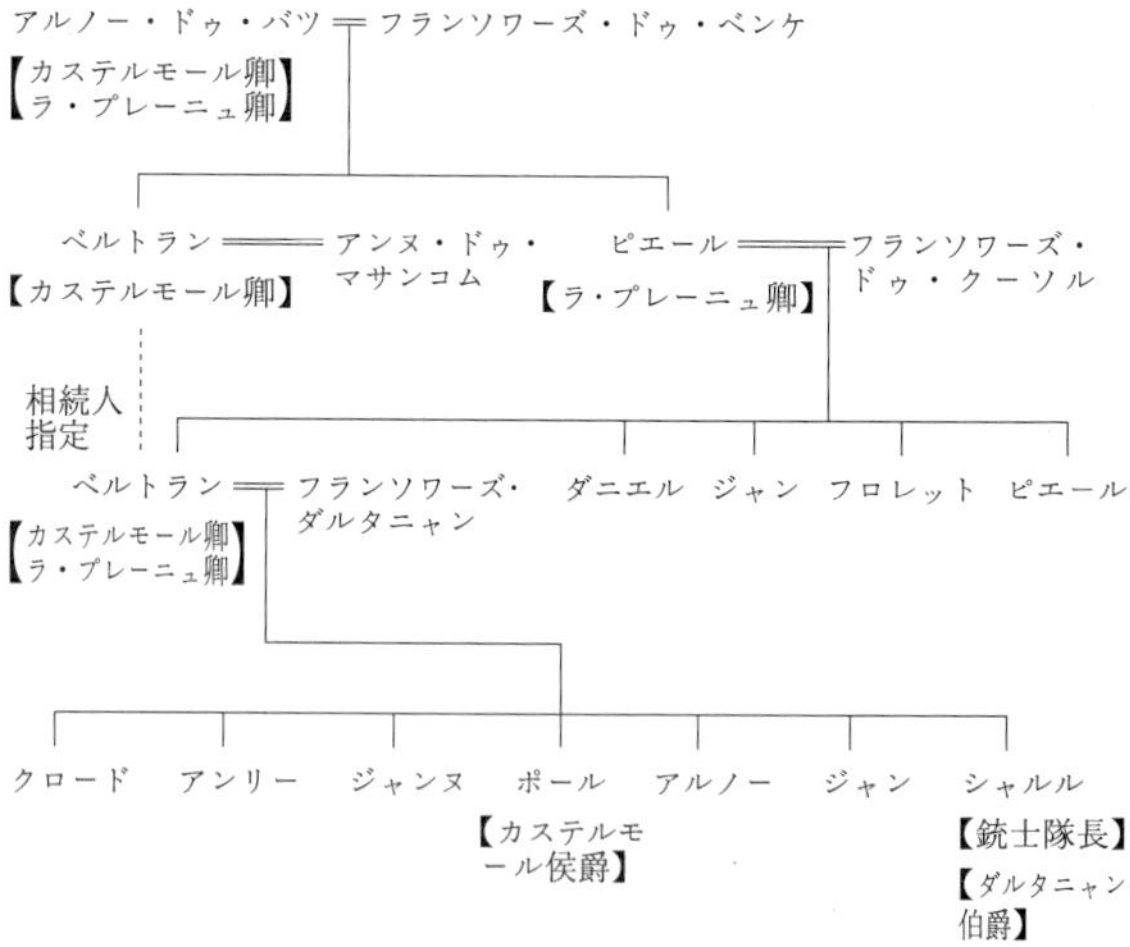

系図　バツ・カステルモール家

の伝でベルトランが、将軍が支持する旧教派として、いくつかの戦場を経験してみると、たちまちリュピアック界隈に立派な殿だと評判が立つ。いよいよ「自称貴族」となるわけだが、無念にも夫婦は子宝に恵まれなかった。

ベルトランは一六〇五年三月二十一日付の遺言で、早世した弟ピエールと、その妻フランソワーズ・ドゥ・クーソルの間に生まれた甥で、自分と同名のベルトランを相続人に指定した。ベルトランは実の両親の長男として、すでにラ・プレーニュ卿だったが、さらに伯父の死後にはカステルモール卿になることが決まった。一六〇七年には予定通り三代目家長の座に収まり、まずまずの社会的地位を得て自信がついたのだろう。一六〇八年の頭には果敢な求婚を試みて、見事フランソワーズ・ダルタニャンの白い手を与えられている。この幸運な青年貴族ベルトラン・ドゥ・バツ・カステルモールこそは、後の銃士隊長の父親なのである。

婚約は二月に新婦が生まれたダルタニャン城で、舅にあたるジャン・ダルタニャン、ヴィッカン・ビゴール市の公証人ラモン・ガンデラートの立ち会いで結ばれた。誓約文書によると、花嫁は五千リーヴルの持参金付だった。またも正確な日付は不明だが、挙式も年内に滞りなく行われたようである。

ベルトランは新婚生活を住み慣れた両親の城で始めた。ところが、一六一〇年になってから、以前に相続分として分けた小作地を戻し、さらに四千五百リーヴルを支払うという条件で、末弟ピエールにラ・プレーニュの領地を譲り渡している。もとより富裕な大領主というわけでなく、ベルトランは結婚の準備で手元不如意になっていたのかもしれない。

伯父ベルトランの遺言からして、実は注文の多いものだった。老いて信心づいたのか、財産を相続させるかわりに、リュピアックの郊外に善意で建設を始めた「聖ヨハネ巡礼宿」を、最後まで完成させることを義務づけたり、また貧しき巡礼者を助けるために千二百リーヴルを使えと命令したり、さらには未亡人となる妻アンヌに九千リーヴルを支払えだの、終《しま》いには余所《よそ》に儲けた私生児アントワーヌが二十歳に長じたとき、六百エキュを渡してくれだの、様々な要求を甥に押しつけていたのだ。

家長になるのも骨が折れる。これでは、かつかつの貧乏貴族のままである。さておき、ベルトランとフランソワーズの夫婦は転居を余儀なくされ、かくてカステルモール城で我らが主人公は産声を上げるわけだが、両親の手を煩わせたのは後の銃士隊長シャルルだけではなかった。他にもポール、アルノー、ジャンと兄弟は全部で四人、ジャンヌ、クロード、アンリー、ジャンヌと姉妹も三人いた。

長男でないということ

カステルモールの領地を管轄するメイメ教区教会では、十七世紀前半分の洗礼簿を綺麗に紛失しており、したがって兄弟、姉妹が生まれた順番はわからない。再び推定になるが、シャルルは兄弟のうちでは、四男坊だったという見方が有力である。いや、末息子はアルノーで、シャルルは次男だったと、二番目と四番目を入れ換える説もあるが、いずれにせよ長男ではなかった。

長男に生まれたのはポールで、一六〇九年ごろの生まれとされる。四代目の家長は先祖から受け継いだ相続財産に加え、新たにエスパ、アヴロン等々の領地を獲得した。また三七年にはマズウならびにクラックの森林管理官、四六年にはペロークの森林ならびにコルバン平原の管理官、六五年にはブレガンソン要塞総督、六七年にはナヴァラン都市総督と地元の公職にも着いている。なかなかの声望を獲得して、ポールは「カステルモール侯爵」という名前で、ガスコーニュに広く知られる人物になる。

また姉妹のほうは、それぞれ近郷の貴族と無事に結婚した。クロードは三四年にナヴァロン卿エクトール・アントワーヌ・ドゥ・サリアックに、アンリーは四〇年にメイメ卿フリ・アントワーヌ・ドゥ・ラヴァルダックに、ジャンヌは五二年にペイロー卿ジャン・アントワーヌ・ドルフィユに、それぞれ嫁いだという格好である。

長男はよい。また娘は他家に嫁ぐことができる。が、あとの下の弟たちには、相続できる領地がなかった。カステルモールはラ・クローツ、ル・テュクオ、ボーベート、ラ・テラード、ル・プランテ、ラ・バトゥ、バラダ、パングレ、オベンケと九小作地から成る領地だったが、これら全部を経営する地代で、ようよう一家が暮らせる収入にしかならないのだ。小作地のひとつやふたつ分けられても、とてもじゃないが生活は立たない。娘たちの持参金を捻出するため、いくつかは抵当に入れられていたかもしれない。これが長兄ポールが栄達を遂げた後なら、多少の分け前も期待できたかもしれないのだが、父ベルトランのほうは三五年に死没したとき、反対に多額の借金を残すような体たらくだった。

貧乏貴族の家に長男ならぬ息子として生まれれば、日本の武家にいう「部屋住み」にも似た悲哀を味わわざるをえない。うまく家付き娘、領地付き娘を捕まえでもしないかぎり、弟たちは外に仕事を求めなければならない。してみると、十七世紀のフランスには、どんな仕事があったというのか。

兄弟のうち、アルノーは修道士になり、真面目に勉強して神学博士になった。父ベルトランの弟で、兄弟には叔父にあたるダニエルも神学博士であり、リュピアックはじめ数箇所の教区教会で主任司祭を勤めていた。アルノーもポワティエ司教区のラ・レオウ大修道院長の聖職禄を手にしながら、その生涯の大半を主任司祭として、リュピアックに暮らしている。恐らくは次男の指定席として、叔父の職を継いだのだろう。この時代の貴族の次三男にとって、聖職の道は常識的な選択肢のひとつなのである。

では、あとの二人の弟ジャンとシャルルは、どうなったのか。我らが主人公が銃士隊長となる運命は、すでに知るところである。また割合に若くして死んだと思われるジャンも、一六五〇年の時点では「ペルシャ連隊の隊長」の任に着いた記録がある。繰り返すが、伝統的に貴族は武人とされており、この時代の長男でない息子たちにとって、むしろ軍職の道こそは常道とされていたのだ。いや、それがガスコンであるならば、たとえ長男であろうとも。

2　ガスコンの気風

武人の産地

フランス語で「末子」のことを cadet という。この単語はガスコーニュ方言の capdet に由来するとの説がある。capdet はフランス語の「隊長(capitaine)」の意味であり、フランス王の軍隊で成り上がる連中には、あまりにガスコンの次三男が多いので、いつしか方言の「隊長」が「末子」の意味で取り入れられたということらしい。

また十七世紀当時の軍隊で cadet といえば、今度は末子の意味から転じて、「青年隊士」の意味になった。青年隊士とは正式な入隊前の数年に、実地で武術、剣術、武器操作等々の兵士心得を学ぶ見習い身分のことだ。その意味で「これなるはガスコン青年隊(Ce sont les cadets de Gascogne)」と声高に謡うのが、エドモン・ロスタンの戯曲『シラノ・ド・ベルジュラック』の大鼻の主人公だが、このシラノも十七世紀に実在した人物である。近衛隊に属した経緯も本当だが、ただパリ生まれ、パリ育ちと、生国だけはガスコーニュではなかった。パリ近郊にあった父親の領地に「ベルジュラック郷」という土地があり、これが南フランスの「ベルジュラック市」と混同されるを幸いに、ガスコンを名乗るようになったというのが真相らしい。

それにしても何故にガスコンを僭称したのか。示唆を与えてくれる証言として、十六世紀の高名な文人ブラントームの『偉大なる隊長たちの生涯(Vies des grands capitaines)』から、次の言葉を引用しよう。

「ガスコンでないくせに、そのように偽り、実はフランスのサン・ドニとか、別な土地の生まれであるとかいう兵士を、私は何度も目撃してきた。が、そこが話の肝であり、連中はガスコンでなければ、勇敢な兵士だとは見なされないのではないかと恐れるのだ」

実際のところ、ガスコーニュは遅くとも十六世紀までには、優れた武人の産地として、フランス中に勇名を馳せるようになっていた。いや、余人に褒められるより先に、ガスコン自らが強烈な自負心を抱いていた。ブレイズ・ドゥ・モンリュックは前述の通り、バツ・カステルモール家の二代目家長も仕えた十六世紀の高名な将軍であるが、他面では口述筆記で『従軍記(Commentaires)』という回想録を残している。その文中でも同様の自負は随所にみられ、例えば、麾下《きか》の兵士の戦意を鼓舞する演説なども、「ジョンティョムであり、またガスコンであることを証明したまえ。武器をとって我々に匹敵する人種はいないのだ」というような言い方になる。

あるいは猛々しい気分の高揚は、かえって文人のほうが激しいのか、ボルドー高等法院の評定官で、一五九二年の『従軍記』初版の編者を務めたフロリモン・ドゥ・レーモンなどは、「ガスコーニュの貴族諸兄に」と題して、熱っぽい序文を巻頭に載せている。この土地の気分を感じ取るために、少し長目に引用してみよう。

「諸兄よ。余所には稀な果実を、ふんだんに実らす土地があるがごとく、君たちのガスコーニュも独自の果実、特産の果実として、いつの時代も数多《あまた》の偉大で勇敢な隊長たちを出してきた。比べれば、他の地方などは不毛に留まるといえよう。武名高きフォワ、アルブレ、アルマニャック、コマンジュ、カンデル家の、あまねく世を睥睨《へいげい》してきた栄光の諸侯たち、あるいはブーシュ小伯などを輩出したのも、この土地に他ならない。ポトンとラ・イールという運命に導かれた二塔の記念碑、フランスの武具に際立つ飾りたちを育んだのも、この土地である。また我らの時代においても、当地はテルム卿、ベルガルド卿、ラ・ヴァレット卿、オスン卿、ゴンドラン卿、テリド卿、ロムガ卿、カサン卿、ゴア卿、ティラデ卿、サルラヴィー卿等々、純血にして真実ガスコーニュに由来する領主たちの名前を、あらゆる外国に知らしめている。今なお生きている者を除いたとしても、である。この者たちは先達の武具装飾や素晴らしき事跡に激しく胸踊らせながら、そうした美しき記憶に負けまい、自らも同じ栄光を手にせんと奮闘した男たちである。諸兄よ。兵士の市場であり、軍隊の苗床であり、戦いを良しとする土地貴族の花畑にして選定場であり、古《いにしえ》のギリシャ、ローマの最も名のある指揮官とも勇気の名誉を比べられる、かくも勇敢な兵士たちの溜まり場こそは、貴殿らのガスコーニュなのである」

英雄列伝

優れた武人たるガスコンの自負は、どのように育まれたものなのか。今日でもガスコーニュは兵役の志願率が高いというが、そもそもが、どうして兵士の揺籠になどなったのか。ガスコンは猪突猛進の熱血漢であり、元来が戦場向きなのだという単純明快な理解に始まり、その理由は様々に論じられるが、ひとつには最前線の地勢を特筆しなければならない。常に敵に直面している辺境として、あるいは抗争の焦点として、ガスコーニュは数多の戦争を経験してきたという意味である。

最初はキリスト教世界そのものの最前線だった。八世紀にイスラム教徒が侵攻して、イベリア半島を席巻したが、これを食い止めるために、キリスト教徒が天然の防壁に用いたのがピレネ山脈である。その麓こそガスコーニュなのだ。キリスト教徒の失地を徐々に回復する戦争が、スペイン史にいう「レコンキスタ(国土再征服運動)」だが、これにガスコンも参加せざるをえなかった。のみならず、ときには飛び抜けた働きさえ示している。例えば、一一一八年十二月十八日のサラゴサ解放などは不朽の事跡といってよい。エブロ河畔の大都市は八世紀以来、イスラム教徒の宮殿と神殿が置かれた要害であり、その攻略は大帝シャルルマーニュとフランク軍でさえ果たせなかった。キリスト教徒の悲願を遂げたのが、十二世紀のベアルン副伯ガストンと、これに従うガスコンたちだったのである。

キリスト教徒の前線は順調に西へ西へと押し上げられた。レコンキスタの戦場は専《もっぱ》らスペイン人に任されるようになったが、それでガスコーニュの受難が終わりにならないのは、今度は英仏両王の係争の舞台とされたからだった。結婚外交の成果として、ガスコーニュは十二世紀後半からイギリス王の支配に帰していた。これをフランス王が侵略したり、イギリス王が奪還したり、その繰り返しで再び戦争の渦中である。十四世紀を迎えて、積年の闘争が二大王家の全面戦争に発展したものが、世にいう「百年戦争」であるが、その展開にもガスコンは深く係わらざるをえなかった。

例えば、一三五六年九月のポワティエの戦いである。百年戦争序盤の山場というべき合戦は、一般に黒太子エドワード率いるイギリス軍が、フランス軍を撃破したとされている。が、正確には勝者はイギリス・ガスコーニュ連合軍だった。それどころか、ガスコン騎馬軍団の突撃こそは勝敗の帰趨を分けたのだ。フランス軍の側面を討つという、この鮮やかな攻撃を差配した将軍が、ブーシュ小伯ジャン・ドゥ・グライーだった。抜群の武勲を残しながら、ブーシュ小伯は悲運の英雄だった。デュ・ゲクラン大元帥のフランス軍が逆転に成功するにつれ、目敏いガスコンは続々と敵方に寝返り、イギリス陣営に独り残されたあげくが捕虜に取られ、非業の獄死を遂げるからである。このときフランス王に味方して、ガスコンの転向を進めた首謀者が、他方の有力諸侯アルマニャック伯ジャンだった。

フランスは味方同士で愚かな権力争いを始めた。いわゆる「ブールゴーニュ派とアルマニャック派の抗争」である。この隙に乗じて、いったんは撤退したイギリスが、ブールゴーニュ派と同盟して、再びフランス侵攻を試みた。アルマニャック派は王太子シャルルを担いで抵抗するが、みるみる劣勢に追いこまれる。最後の牙城がロワール地方の都市オルレアンだが、これもイギリス軍に包囲され、一四二九年には陥落寸前になる。かかる絶体絶命の危機に現れたのが、かの有名な救世主ジャンヌ・ダルクなのである。

さておき、その旗の下で実際に戦い、大活躍を示したのが他でもない、アルマニャック伯に従うガスコンたちだった。フロリモン・ドゥ・レーモンが名前を挙げた、ポトンことジャン・ドゥ・サントライユと、ラ・イールことエティエンヌ・ドゥ・ヴィニョールは二人とも、当時の有名な指揮官なのである。ここで注意するべきは、小貴族出身の傭兵隊長という、二人の目新しい素性である。

御恩と奉公の原理に基づき、封臣が家来を引き連れ、封主の戦争に馳せ参じるという封建軍は衰退の一途を辿り、遅くとも十五世紀には形骸化していた。貴族＝武人という考え方は残るが、軍隊は有給制が主流になる。これにガスコンの食指が動いた。ガスコーニュが武人の産地である理由として、今ひとつ土地の貧しさを挙げておきたい。山がちで農地が少なく、しかも気候が厳しい土地は、現代のように進んだ技術があるわけでなし、さほどに高い農業生産を望めなかった。その割に貴族家門の数は多く、次三男は無論のこと、ときには長男さえ暮らしが立たない。

してみると、フランス王の軍隊は魅力的だった。傭兵隊を整理して、十五世紀中頃には常備軍まで置かれたのだから、もう立派な就職先である。火器の登場に伴い、十六世紀の軍隊からは歩兵が主体になるのだから、支度も安く上げられるようになる。ならばと目を光らせたガスコンが、こぞって戦場に身を投じたというのも、単に生活の糧を得るのみならず、働き次第では大出世も夢ではなくなったからである。

歴史に名前を残す従来の英雄は、ベアルン副伯、ブーシュ小伯、あるいはアルマニャック伯と、なべて大貴族の出身だった。封建制の原理では、身分が高ければ、無能でも生まれながらに将軍であり、反対に身分が低ければ、有能でも死ぬまで一兵卒だからである。が、こうした仕組が崩れて、ポトンやラ・イールのような小貴族でも活躍できる時代が来た。現にポトンなどはフランス元帥にまで昇進している。それからも派手な話はガスコーニュにいるだけで、ひっきりなしに耳に飛びこんでくる。イタリア戦争に身を投じた一五二〇年の初陣を、モンリュックは次のように回想している。

「小生はレイトゥールの近くで、イタリアで長く従軍したことのある老ジョンティヨム、カステルノ卿を訪ねた。小生は彼《か》の地のありさまを長々と尋ねた。彼の卿は沢山のことを教えて下さり、また彼の地では毎日のことだという、戦争の美しき偉業を語られた。だからこそ、食べる以外は泊まることも、止まることもせず、すぐさま小生はアルプス山脈を越えて、(戦争が行われていた)ミラノに直行したのである。まだ十七歳にすぎなかった」

それが七十一歳になってみると、フランス元帥の高みにいた。この元帥職だけを取り上げても、十六世紀中に抜擢された四十三人のうち、ブレイズ・ドゥ・モンリュックを含め、ロートレック、フォワ、モンテジャン、モンペザ、テルム、ベルガルド、アルマン・ドゥ・ビロン、シャルル・ドゥ・ビロン、ジャン・ドゥ・モンリュック、ラヴァルダンと、実に十二人までがガスコンである。

元帥とはいわぬまでも、しばしば隣人が将軍になり、ひんぴんと肉親が隊長になり、こんな身近にサクセス・ストーリーが連続すれば、若者たちが刺激されないわけがない。ガスコンというだけで自信を抱き、我も続かんと飛び出さないわけがない。デュマが『三銃士』の主人公を「十八歳のドン・キホーテ」と形容したのも道理で、要するにガスコンはアマディース・デ・ガウラの騎士物語に酩酊したあげくに、風車に突撃を敢行する狂人が如くだったのだ。

こんな調子でガスコンの冒険心は連綿と受け継がれ、似たような立身出世の逸話が繰り返されるほどに、ますます優れた武人の産地として、ガスコーニュの意気は上がることになる。

してみると、ブルボン朝の開祖アンリ四世の即位は、ガスコンの軍隊熱に、さらなる地平を切り開いた事件だった。

アンリ四世の即位

事件というのは他でもない。フランス王アンリ四世もガスコンだった。意外な感じもするが、ヴァロワ朝の断絶を受けて、ブルボン朝を開いたということは、そもそもが王朝の本家筋ではないことを意味している。

父親はアントワーヌ・ドゥ・ブルボンといい、十三世紀に王家と分かれたブルボン親王家(本流は十六世紀前半に断絶)の、そのまた分家にあたるヴァンドーム親王家の家長だった。その息子として生まれたアンリは、一五八九年にフランス王アンリ三世が暗殺に倒れたとき、存命する王族の中では最も継承順位が高い男子になっていた。かくてフランス王に即位する運びだが、ちなみにブルボン公領は中央フランス、ヴァンドーム公領は北フランスにあり、いずれもガスコーニュには関係しない。が、これは父方の家系の話であるにすぎない。

アンリ四世の母親はジャンヌ・ダルブレといい、ガスコーニュの有力諸侯アルブレ家の女相続人だった。このアルブレ家は古くからランド地方(現ランド県)に拠点を構える権門であり、わけても十五世紀末に結婚外交でフォワ伯家を吸収して、ガスコーニュ随一の勢力に成長した。と同時に、それまでフォワ伯家が冠していた、ナヴァール(スペイン語にいうナバラ)の王号を取り始める。この王家に生まれた女相続人として、ジャンヌ・ダルブレは「ナヴァール女王」を称していた。フランス王家の血を引くとはいいながら、実態はアントワーヌ・ドゥ・ブルボンのほうが、ナヴァール王室に婿入りした格好なのだ。

二人の息子であるアンリ四世も、フランス王に即位するまでは「ナヴァール王アンリ」だった。なるほど、ガスコーニュの都市ネラックで生を享け、そのままガスコーニュで育ち、そのために土地の言葉が死ぬまで抜けず、パリでは大いに笑われたと逸話が残されている。のみならず、人物の程も才気煥発で行動力に優れ、この土地の熱血漢そのものだった。「ユグノー戦争」と呼ばれる内乱を、信仰の自由を認めたナントの勅令で治めた「大王」こそは、ガスコーニュ最大の英雄なのだといってもよい。無論、その成功の背景にはアンリ四世を郷土の雄と仰ぎながら、縦横無尽に戦場を疾駆するガスコンたちの活躍があった。武人の産地に無縁であれば、さすがのアンリ四世も果たして「大王」たりえたかどうか。

このあたりで当時の軍隊の編成を、簡単に押さえておいても無駄にはなるまい。まずは十五世紀以来の常備軍だが、十七世紀を迎える頃には当初の騎兵隊は縮小され、その主力は歩兵隊に完全に移行していた。十六世紀の内乱期に組織された、地方の名前を冠するピカルディ連隊、ピエモンテ連隊、ナヴァール連隊、シャンパーニュ連隊が「四旧歩兵連隊(Quatre Vieux)」として、今や常備軍の核をなしていたからである。これにノルマンディ連隊、海兵連隊が加わり、旧歩兵連隊は六個になるが、さらにアンリ四世が指揮官の名前を冠する「小旧連隊(Petits-Vieux)」を六個創設したために、歩兵連隊は全部で十二個になる。これに砲兵隊や軽騎兵隊など若干数を加えると、常備軍の規模は三十年戦争が始まる一六三五年の段階で、おおよそ二万人程度になる。が、これがフランス軍の全兵力ではない。

軍事費を安く上げるため、かねてフランス王は戦時にだけ組織する、非常備軍を用いるのが常だった。激化する三十年戦争の渦中も例外でなく、ウェストファリア条約が結ばれた一六四八年までの間に、歩兵連隊は何度か二百五十個に、ときには三百個にまで激増している。兵数にして十万を越える規模である。非常備軍にはスイス傭兵やドイツ傭兵など、外人部隊も少なからず用いられたが、実のところガスコンも十六世紀までは、こうした臨時雇いの常連だった。当時はナヴァール王アンリに従い、であれば外人扱いも無理からぬ運びなわけだが、この地元の雄こそは今やフランス王アンリ四世なのである。

我らが殿がパリに登った。ならばとガスコンは、自分たちもパリに登ろうと考え始める。

もとからの軍隊熱も向かう先が一変する。もう臨時雇いでは我慢できない。地方に飛ばされるなら、常備軍とて本意ではない。大王陛下の御側でパリの軍隊に務めたいと、かくてガスコン憧れの就職先は国王近衛隊に転じるのである。

いうまでもなく、従前にも近衛隊は存在していた。百年戦争の内乱期に、かえってフランス人は信用ならないと、シャルル七世(一四二二―六一年)が設置した身辺警護隊、人呼んでスコットランド百人隊が元祖である。これにルイ十一世(一四六一―八三年)がフランス人で二部隊を加え、さらにフランソワ一世(一五一五―四七年)が一部隊を加えたために、身辺警護隊は全部で四部隊、四百人を数えた。これとは別にシャルル八世(一四八三―九八年)がスイス百人隊を置き、また三カ月交替で主にパレード要員となる「鳥の嘴ジョンティヨム隊(gentils-hommes à bec de corbin)」も、一四七四年に創設されたものが倍増されて、九八年に二部隊、二百人になる。これら全てを数えても総勢七百人と、近衛隊の規模は十六世紀前半までは、さほど大きなものではなかった。

一変して拡充傾向を見せるのが、しばしば地方の軍隊が蜂起した内乱期である。信頼に足る兵力として、一五六三年にシャルル九世が新設した近衛歩兵連隊は、はじめ八部隊からなったもので、これがアンリ三世時代に十一部隊、十二部隊と増加の一途を辿り、アンリ四世の即位時では二十部隊(各八十人)にまで膨張していた。さらに一五九三年に軽騎兵隊(二百人)と重騎兵隊(二百人)が新設され、近衛隊は総勢二千七百人を数える計算になる。

ガスコーニュが武人の産地であるからには、近衛隊の膨張が始まる十六世紀後半の段階で、すでに多くのガスコンがパリの軍隊に参入していた。アンリ三世が一時的に特設した四十五人隊などは好例である。急進的な旧教派の指導者、ギーズ公爵の暗殺を実行したことで知られ、デュマの小説『四十五人(Les quarante cinq)』により半ば伝説と化している部隊だが、これも当時の寵臣エペルノン公爵がガスコンだった関係で、ほとんど全員ガスコンという部隊だった。シャルル・ダルタニャンの妹、クロードが嫁いだナヴァロン卿エクトール・アントワーヌなども、この四十五人隊に属したガスコンの孫息子という素性である。

歩兵連隊のほうにも、一五六三年の創設当初から、モンリュックが送りこんだ兵団の姿があった。が、ガスコンのパリ進出が本格化するのは、やはりブルボン朝時代からである。十六世紀のうちは、近衛隊は選び抜かれた精鋭だけの、いわば例外にすぎなかった。その拡充傾向が本格化して、数多ガスコンの野心に応える規模にまで巨大化するのは、十七世紀に始まる話なのである。一六一六年に新設されたスイス歩兵連隊(各百六十人の六部隊で九百六十人、三十年戦争期には四千人まで増加)は関係ないとして、フランス歩兵連隊も拡充が繰り返され、一六三五年には各三百人の三十部隊で、九千人にまで増えている。なかんずく、一六二二年には精鋭中の精鋭部隊が組織された。他でもない、銃士隊である。デュマの小説に描かれ、かくも知られた銃士隊は実のところ、国王近衛隊に属する部隊なのである。

軍隊に行く。しかも昨今は近衛隊でなければならない。もとより夢は大きいのだから、できれば精鋭部隊に入りたい。ガスコーニュくんだりから、わざわざパリに上京して、志高きダルタニャンが銃士隊の制服を求めるという件は、こうしてみると、数百年にも及ぶ歴史の線上に、きちんと位置づけられるようである。

3 なぜダルタニャンか

ガスコンはガスコンを頼る

近衛隊に入りたいと、かくて我らが主人公はパリを目指す。デュマは作中人物の上京を一六二五年としているが、史実のダルタニャンが初めて王都の門をくぐるのは、一六三〇年前後ではないかと推定されている。

話は逸れるが、この時代の軍隊では書類上の兵員数を水増しして、その分の給与を着服しようとする習慣、いうところの「偽兵(passe-volant)」の犯罪が横行していた。この悪弊を撲滅するため、専門の役人により定期的に閲兵が施行されたが、一六三三年三月十日にエクーアンで行われた銃士隊の閲兵書に、「シャルル・ダルタニャン」の名前を見出すことができる。いまだ無給でありながら、所属部隊の賄いで生活だけは保証されるという、例の青年隊士の期間を計算に入れると、ダルタニャンの上京は三三年から数年さかのぼる、三〇年前後と推定されるわけである。我らが主人公はデュマが語る二十歳前後でなく、十五歳前後で上京したことになるが、これも当時の常識に照らすと、ごく一般的な奉公始めの年齢だった。

それにしても二十歳に届かない若者が、ガスコーニュくんだりの田舎から華やかなりしパリの都に飛び出して、よくぞ国王陛下の近衛隊になど就職できたものである。ダルタニャンの具体的な行動は、史実としては、なにひとつ残されていない。クールティル・ドゥ・サンドラスが語り、それを基にデュマが描き出したところによれば、我らが主人公は父親に自分の友人を頼るよう教えられ、銃士隊長トレヴィルの屋敷を訪ねたことになっている。この親分肌の近衛将校の世話で、最初にエサール侯爵の近衛歩兵隊に属し、しかる後にトレヴィル自らが指揮する銃士隊に入隊を認められたというのが二作に共通する、おおよその筋書きである。が、いうまでもなく、これを素直に信じることはできない。クールティル・ドゥ・サンドラスの偽回想録は、まずもってダルタニャンの上京を四〇年前後に設定している。トレヴィルの義弟エサール侯爵こと、フランソワ・ドゥ・ギィヨン・デサールが四二年まで、近衛隊長の任を務めたことは史実だが、麾下にダルタニャンが属した形跡はない。また他方のトレヴィルも実在の人物だが、こちらも正確を期すならば、デュマの恣意的な設定では無論のこと、史実に基づく推定にあてはめても、ダルタニャンが上京した時点では銃士隊長の職にはなかった。当時の銃士隊長はモンタラン卿ジャン・ドゥ・ヴィルシャテルという人物であり、トレヴィルは三四年まで隊長代理であったにすぎない。いちいち史実と突き合わせると、偽回想録も小説も随所で齟齬を来すのだが、我らが主人公が最初にトレヴィルを、あるいはトレヴィルのような人物を訪ねたという状況自体は、ありうべき想像の範囲である。トレヴィル伯爵、あるいはアクセントの関係で「トロワヴィル伯爵」とも呼ばれたアルノー・ジャン・デュ・ペイレも、かのアンリ四世の膝元ベアルンから飛び出した、正真正銘のガスコンだったからである。

まずもって、トレヴィルも出世物語の主人公だった。父親ジャンはピレネ山麓のスール渓谷に、トレヴィルという貴族領地を購入するまでに栄達したものの、元来がオロロン市の商人にすぎなかった。貧乏貴族の倅どころか、後の銃士隊長アルノー・ジャンは平民の生まれなわけだが、一念発起でパリに出るや、一六一六年には青年隊士の資格で近衛隊に席を占めた。ほどなく一人前の近衛士になり、一七年にソワソンの戦い、二〇年にセーの戦い、二一年にモントーバンの戦いと転戦する過程で実力を評価され、二二年には旗手に昇進する。二五年には新設された銃士隊の隊長代理に抜擢され、いよいよ国王の側仕えとなる。二七年に始まるラ・ロシェル攻防、二九年のパ・ドゥ・スズの戦い、三〇年のサヴォイア遠征と忙しく働き、わけても三二年のロレーヌ遠征では「ルーヴロワの攻撃において、銃士隊の先頭で突撃を敢行したのは、またしてもトレヴィルだった。この軍功が大いに評判を呼んだので、ルイ十三世は部隊の指揮権を、この男にこそ与えようと決断した」と、バッソンピエール元帥に絶賛される活躍を示した。トレヴィルが銃士隊長の辞令を受けるのは、それから二年後の三四年十月三日のことである。

こうしたトレヴィルの姿は多分に洩れず、我も続かんと逸《はや》る若きガスコンの眼の中に、憧れの星座として光り輝いていたに違いない。話は再び脱線するが、本書の読者ならアトス、ポルトス、アラミスの名前は御存じあるものと思う。いうまでもない、デュマ作品の高名な三銃士だが、そのままの名前で三人とも、すでにクールティル・ドゥ・サンドラスの偽回想録に登場することは前述した。今また、これら魅力あふれる三人の脇役の名前なども、史実の山から発掘できるという事実を明かしたい。

史実のアトスは「アルマン・ドゥ・シレーグ・ダトス・ドートヴィエイユ」という長い名前を持つ貴族で、小説で描かれる北部の名家ラ・フェール伯爵家の御曹司などではなく、これもベアルンに由来する根っからのガスコンだった。推定生年は一六一五年から二〇年の間で、やはりパリに上京して、遅くとも四一年には銃士隊に兵籍を得ている。とはいえ、ガスコンらしく血の気が多すぎたのか、史実のアトスは四三年ごろ、恐らくはデュマが活写したような決闘沙汰に及んで、あっけなく命を落としてしまった。

もう語る逸話もないようだが、ここで特筆するべきは、故郷に残した母親の素性である。詳しい名前は知れず、ただ父親アドリアンに嫁いだとき、記録に「デュ・ペイレの令嬢」としてだけ現れている。普通に受け取れば、なんら想像を刺激する呼称ではないのだが、これが銃士隊長と同じ姓だから、我々は目を見張らざるをえないのだ。さらに事実関係を探れば、若き銃士の母親はトレヴィル殿の従姉妹という素性なのだから、いよいよ図式が浮かんでくる。史実のアトスは母方の親戚が銃士隊長だと見てとるや、これを頼りにパリまで登り、まんまと甘えて縁故入隊を果たしたのだ。

デュマが描いた貴族の鑑も、なんだか形無しである。気を取り直して、今度は史実のポルトスを追いかけよう。こちらは本名を「イザック・ドゥ・ポルトー」といい、ベアルンに基盤を構える貴族家門の末子であるというからには、またしてもガスコンである。ポルトー家は熱心な新教徒として知られた一門で、祖父アブラムはナヴァール王時代のアンリ四世に「司厨役」として仕えた人物だった。一六一七年、ベアルンの中核都市ポーに生まれた孫イザックは、やはりパリに上京して、こちらはトレヴィル殿に同郷の誼《よしみ》を訴えたようである。恐らくは銃士隊長の斡旋で、史実のポルトスこそは四二年に、エサール侯爵の近衛歩兵隊に属している。

最後はアラミスだが、一六二〇年に生まれた「アンリ・ダラミツ」も、また由緒あるベアルン貴族の末裔で、ということは再びガスコンだった。ことに祖父ピエール・ダラミツは有名人で、アンリ四世の母親、ナヴァール女王ジャンヌ・ダルブレに仕えた新教派の猛将として、その足跡を歴史の頁に留めている。ピエール将軍には長男フェブス、長女マリー、次男シャルルの順番で三人の子供がいた。このうち次男シャルルが史実のアラミスの父親だが、かたや長女マリーは後妻として、ジャン・デュ・ペイレという近郷の新興商人に嫁いでいる。この夫婦の間に生まれた息子が、銃士隊長アルノー・ジャンなのだから、史実のトレヴィルとアラミスは歳の離れた従兄弟同士ということになる。四一年、アンリ・ダラミツは晴れて銃士の制服に袖を通すが、そのための秘訣を、くどくど繰り返す必要はないと信じる。

史実のアトス、ポルトス、アラミスは皆がトレヴィル殿と同郷だった。そのうち二人は地縁を利用しただけでなく、銃士に採用されるための決定的な武器として、ここぞと血縁に訴えている。現代の感覚からすると、なにやら不正な印象もあるが、この時代の感覚では、地縁血縁を最大限に利用しながら、縁故と人脈に利して己の人生を切り開くという手順こそは、むしろ常道だったのだ。なかんずくガスコンは、立身出世の夢をみながら、こぞって花の王都をめざす。数世代にわたって繰り返されて、パリには県人会ならぬ、ガスコン共同体のようなものができていた。えいままよと上京さえしてしまえば、若者が頼むべき家族、親戚、友人、知人、隣人という類の伝《つて》は必ず見つけられたのである。

それも、できれば出世を遂げた有力者が望ましい。郷土の英雄と目されたトレヴィルなどは、次から次と同郷の後進にパリに構えた屋敷を訪ねられて、なんら不思議がない身の上だった。ダルタニャンが上京を果たした時点では、銃士隊長はモンタラン卿だったが、この人物も多分に洩れずガスコンだった。トレヴィルに先んじて、銃士には好んで同郷人を採用すると定評された指揮官であり、そう聞けばデュマのいう「ガスコン特有の想像力」で、血気さかんな若者が入隊の夢を膨らませないわけがない。そんなこんなで、我らが主人公も史実として銃士の兵籍を得ているのだから、上京一番にトレヴィルを、ないしはモンタランを訪ねるという展開は、ありうべき想像の範囲になるというわけである。

名前の威光

このあたりで「ダルタニャン D'Artagnan」という名前の理由も、そろそろ明らかにしなければならない。我らが主人公シャルル本人は古風めかして「i」を挟み、しばしば「ダルテーニャン D'Artaignan」と署名していた、いずれにせよ、世界で最も知られたフランス人の名前の秘密のことである。すでに前述してあるように、これは母方の姓なわけで、まずはダルタニャン家の歴史から手をつけよう。

先にカステルモール家の歴史に触れているが、その時点で「ドゥ・バツ・カステルモール」という姓は、「カステルモールの領主となったバツ家のもの」くらいの意味だと察していただけたと思う。これをダルタニャン家にあてはめると、正式な姓は「ドゥ・モンテスキュー・ダルタニャン」、つまりは「アルタニャンの領主となったモンテスキュー家のもの」という名乗りになる。十六世紀のこと、ナヴァール王アンリ(アンリ四世の母方の祖父)の盾持

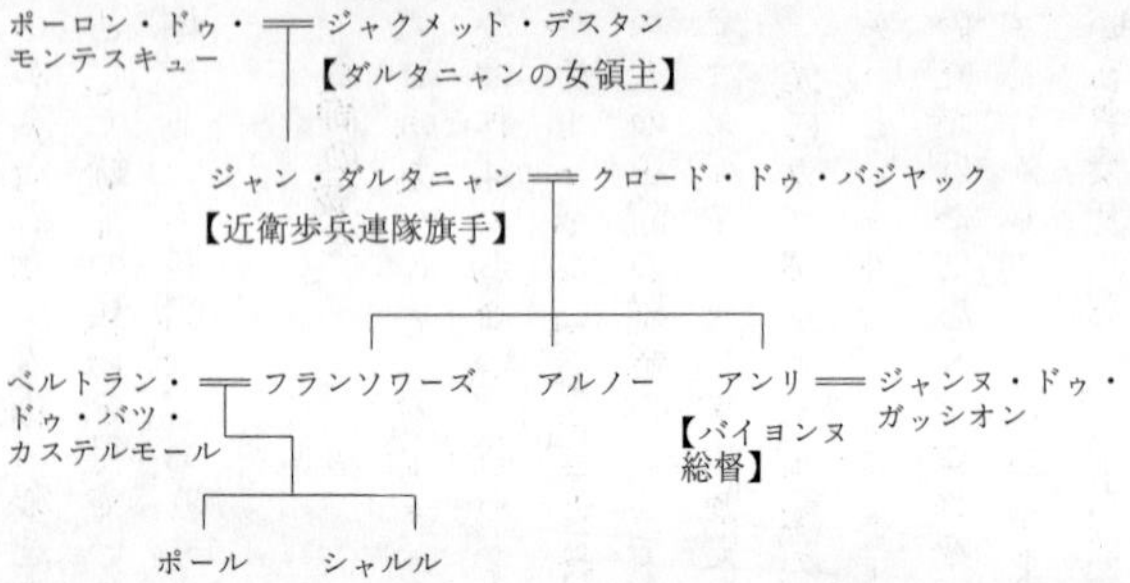

系図　ダルタニャン家

ちを務める、ポーロン・ドゥ・モンテスキューという青年貴族が恋に落ちた。相手は「ダルタニャンの奥方」と呼ばれた、ビゴールの領地の女相続人ジャクメット・デスタンである。二人は当時としては珍しい恋愛結婚を果たし、その間に生まれたのが我らが主人公の祖父、ジャン・ドゥ・モンテスキュー・ダルタニャンというわけである。

娘が新興の貧乏貴族カステルモール家の倅と釣り合うくらいだから、ジャン・ダルタニャンの領地そのものは大した財産ではなかった。それでもフランソワーズ嬢を妻に迎えて、ベルトラン・ドゥ・バツは大喜びだったに違いない。隠された「モンテスキュー」という名前が、ガスコンには燦々と輝いてみえたであろうからである。『法の精神』を著したモンテスキューは十八世紀の人物で、これが十七世紀の話であれば、高名な法学者のおかげで名前に威光があるというのではない。

土台がモンテスキュー一門は、ガスコーニュ有数の名族だった。十一世紀に遡れる由緒を辿れば、古の大豪族フェゼンサック伯家の末裔という血筋であり、一門の名前はパルダイヤン家、モントー家、リール家と並んで、古くから伯領の四天王に数えられていた。ガスコーニュ中に数多の領地を獲得しながら、分家、分家と枝分かれして勢力を拡大し、先に紹介したブレイズ・ドゥ・モンリュック元帥なども、実はモンテスキュー家の流れを汲んでいる。ダルタニャン家も同じような、貧しいながらも土地に権威と声望を認められた、旧家の一流というわけである。

とはいえ、所詮は片田舎の話だ。ガスコーニュの外に持ち出せば、それが「ドゥ・バッツ」だろうが、「ドゥ・モンテスキュー」だろうが、さほどに違う音色では響かない。が、この時代のパリだけは別だった。野心家の上京が相次ぎ、ガスコン共同体が形作られるにつれて、ガスコーニュの貴族社会も権威に恐れ入る気分ごと、あるいは新興家門を馬鹿にする気分ごと、そっくり移植されていたからである。だとすれば、迂闊に「ドゥ・バッツ・カステルモール」は名乗れない。少しでも自分を立派に見せ、相手に軽んじられないようにと、かくて我らが主人公は「ドゥ・モンテスキュー・ダルタニャン」を名乗りに用いたわけである。

が、こうした説明だけでは、あるいは読者は不満を覚えるものだろうか。大事は「モンテスキュー」のほうであり、かくも知られた「ダルタニャン」という名前は、ほんの付録にすぎないのかと。無論、そうではない。こちらはこちらで、きちんと威光を備えていた。いや、即効性を備えるのはモンテスキューより、むしろダルタニャンの名前のほうだった。

他でもない、ジャン・ダルタニャンの功績である。我らが主人公の母方の祖父も、かつてはパリに飛び出したガスコンの一人であり、故郷の領地に下がる直前まで、近衛歩兵連隊で旗手の職を務めていた。ということは、ダルタニャンという名前は近衛隊で通りが良い。祖父がパリに築いた人脈を、余計な説明なしに利用することもできる。

ジャン・ダルタニャンには我らが主人公の母となるフランソワーズや、家督を継ぐ嫡男アルノーの他にも全部で十人の子供がいたが、ここで注目すべきはアンリという息子である。アンリ・ダルタニャンはベアルンのモンタネ守備隊長、バイヨンヌ都市総督と地元の要職を歴任した人物で、パリに直接の人脈はないのだが、ただジャンヌ・ドゥ・ガッシオンという女性と結婚していた。その実兄こそはジャン・ドゥ・ガッシオン伯爵であり、四三年に元帥に昇進する以前にも隊長、連隊長と要職を歴任した、ガスコン出頭人のひとりだった。

これも使える。パリにも知られ、また人脈も豊富であるとなれば、この調法な名前を使わない手はないのである。実際のところ、「ダルタニャン」を名乗るというアイデアは、我らが主人公の独創ではなかった。ある史家によると、一六四〇年から八九年までの間に、近衛隊には十二人の「ダルタニャン」がいたという。九人がモンテスキュー系であり、三人がバツ・カステルモール系である。が、この母方の姓を用いた三人のうちでは、シャルル・ダルタニャンが元祖というわけでもない。

あまりに領地が貧しいせいか、あるいはガスコンの血が騒いだか、実はバツ・カステルモール家の長兄ポールも、若い時分はパリで近衛隊に勤めていた。弟に先んじて銃士となるが、四〇年には歩兵連隊に移り、四三年には隊長にまで昇進している。三十代も半ばを迎えて、長男たる義務を思い出したのか、その年に惜しくも故郷ガスコーニュに引退したが、それまで名乗りは一貫して「ポール・ダルタニャン」だった。我らが主人公が「シャルル・ダルタニャン」になるのも、直接的には兄の入れ知恵だったと見るのが正しいようだ。トレヴィルに頼むなり、ガッシオンに縋《すが》るなり、有力者の寵遇は不可欠であるとしても、ガスコン共同体の直接の窓口として働いたのも恐らくは、この長兄である。

空白の十三年

ダルタニャンの名前を使い、ガスコーニュの先達たちに助けられ、首尾よく銃士になれたとして、それから先の我らが主人公が辿りゆく運命は、いかなる展開をみせたろうか。

小説世界では早すぎる『三銃士』が終わると、一気に『二十年後』に飛んでしまうわけで、この時期に関してデュマは完全に沈黙している。またクールティル・ドゥ・サンドラスは一六四〇年前後から、ようよう偽の回想を始めるわけであり、情報量から不十分であるばかりか、その内容に関しても軽々には信用できない。例えば、四三年にアルクール伯爵の随員として動乱のイギリスに渡航し、この機会に「ミラディ」なる魅力的な悪女と出会うなどと、まことしやかに綴るわけだが、ダルタニャンの海外出張を裏付ける史料など、その実は綺麗に皆無なのである。

我々は、あくまで史実を追うことにしよう。ダルタニャンが上京を果たした、一六三〇年代のフランスといえば、アンリ四世の息子であるルイ十三世の時代、というより、大王に勝るとも劣らない大政治家、リシュリュー枢機卿の時代だった。枢機卿というからには、そもそもが相談役として国王の信頼を獲得した、カトリック教会の高位聖職者であるのだが、いよいよ宰相の地位に任じられると、前代未聞の圧政でフランス全土を支配した。現に三一年には宮廷貴族の陰謀を暴いて、王弟オルレアン公ガストンを亡命に追い立て、三二年にはラングドック地方総督アンリ・ドゥ・モンモランシーの反乱を力ずくで鎮圧するなど、その地位を脅かす対抗馬を容赦なく粛清している。こうしたリシュリュー枢機卿の政治と、それを実行に移す郎党たちに反感を抱きながら、史実のダルタニャンも『三銃士』そのままに、喧嘩騒ぎ、決闘沙汰に明け暮れていたのだろうか。当時の気風として、ありえないことではないが、無念にも喧嘩騒ぎ、決闘沙汰などは、あまり歴史に残らない。

ひるがえって国際関係に目を移せば、当時はフランスがドイツ三十年戦争に参戦を決めた頃である。すれば、我らが主人公も出兵を命じられて、戦場に出たのだろうか。銃士としてトレヴィル麾下に属していれば、ロレーヌ遠征に出た後に、サン・トメール、エダン、アラスと数々の包囲戦に参加したはずである。あるいは長兄ポールが隊長になるのを機会に、一緒に銃士隊を辞め、近衛歩兵連隊に移籍したとするなら、イタリア戦線でトリノの包囲戦に立ちあったことになる。が、いずれも推測の域を出ず、その活動を裏付ける史料は、やはり発見されていない。

実際のところ、シャルル・ダルタニャンの足跡は三三年三月十日付の閲兵書が最初で最後なのであり、三〇年代は歴史の舞台から完全に姿を消している。ひょんな偶然から再登場を果たすのは、一六四六年六月のことである。

Ⅲ　出世街道

1680年ごろの「銃士」

1　マザラン枢機卿

新聞の登場

一六三一年五月三十日に刊行が始まる『ガゼット』は、フランス初の新聞だといわれている。手本がヴェネツィアの『コランテ』だが、これが「一ガッツェッタ(三リラ)」で売られていたことから、『ガゼット』の名前がある。最初は八頁、十七世紀末葉には十六頁にまで増える、縦二三センチ、横一五センチの紙片の束は、フランスでは全く新しい種類の読み物だった。今日のような日刊紙でなく、毎週土曜発売の週刊紙だったが、従前まで時事は号外や檄文の形で散発的にしか伝えられない状態であり、定期刊行紙の誕生は一種の情報革命だった。宮廷模様から外国の事情、わけても国境地帯の戦況まで克明に記事にされて、人々が知りうる情報量は飛躍的に増大したのだ。

もっとも、創始者テオフラスト・ルノードはリシュリュー枢機卿に気に入られた宮廷医師という素性であり、宰相の特許状で刊行が始まるからには、『ガゼット』は右寄りというより、ほとんど官報のようなものだった。三十年戦争参戦を肯定するための大衆操作が、そもそも新聞発刊の狙いなのであり、要は大本営発表のようなものだ。記事の信頼度に関しては、ときに注意が必要なのだが、次に引用する一六四六年六月三十日の発売紙などは、我々も注目せざるをえない。

「二十八日にダルタニャン氏、すなわち猊下《げいか》の腹心であられる卿が、我らがフランドル方面軍より帰還なされ、かつ伝えられたところ、クールトレ攻防の戦況は今や、四、五日内に親王殿下(オルレアン公ガストン)の御入城を見込むほどに、友軍の勝利を目前とするに至れり。また敵軍はリス河を越え、他より塹壕《ざんごう》施設が弱いと思われていた親王殿下の御陣営の側から、幾ばくかの援軍を送りこもうと奮闘するも……」

さらに引用することは控えよう。もとより報じられた戦況は眉唾《まゆつば》であり、でなくとも我々の注意は最初の一行か二行に釘付けにされたまま、その先には決して進むまいと思うからである。新聞という新しいメディアのおかげで、ダルタニャンは歴史に再登場を果たす。ならばと問題の数行に注目すると、文中の「猊下(Son Eminence)」とは高位聖職者に付ける尊称なのだと、はじめに明らかにしなければならない。司教、大司教、なかんずく、この場合は枢機卿猊下を指しているわけだが、かのリシュリューは四二年十二月四日に亡くなっている。この四六年の記事に現れる「猊下」とは、フランス宰相の地位を引き継いだ、マザラン枢機卿のことである。

ジュール・マザランは本名を「ジューリオ・マッツァリーノ」といった。元々はローマ教皇庁に仕えたイタリア人だが、外交使節としてフランスを訪れた際に、その才覚をリシュリューに認められ、請われて四〇年からフランス王家に奉公がえしている。四一年には枢機卿の位階を受け、ほんの数年でフランス政界に頭角を現した末が、前任者に自らの後継者と指名され、宰相の地位に進んだのである。

マザラン枢機卿

四三年の五月十四日には、長く仕えてくれた宰相の跡を追うように、フランス王ルイ十三世まで崩御した。王太子ルイが「フランス王ルイ十四世」として即位し、王妃アンヌ・ドートリッシュが摂政太后となるが、未亡人と五歳の孤児を擁して、マザランは一躍リシュリューを凌ぐ権力を手に入れる。前王の崩御から僅か五日の五月十九日には、三十年戦争の流れで迎えたロクロワの戦いで、アンガン公(後のコンデ大公)率いるフランス軍が、それまで無敵と恐れられていたスペイン軍を撃破するのだから、新しい宰相枢機卿は今や得意の絶頂なのである。

新聞記事によると、このマザランに「猊下の腹心」として、我らが主人公は仕えたことになっている。いや、ありえないと、抵抗感を覚える向きもあるだろうか。ダルタニャンは国王付銃士として、王と王妃にのみ鉄の忠誠心を捧げるはずではないのかと。圧政を敷こうとする腹黒い宰相の陰謀など、ことごとく阻むはずではないのかと。リシュリューの天下からマザランの天下に時代が移り変わろうとも、断じて枢機卿の腹心ではありえないはずなのだと。

いや、いや、我々はデュマの筆にみた夢から、そろそろ醒めなければならない。ファンタジーを後生大事に抱えようとも、歴史という現実は現実として、絶対に曲げられないからである。実際のところ、前王妃アンヌ・ドートリッシュなどは、ほどなくマザランと宮廷で腕を組み、愛人として公然と振る舞うようになる。なにより、枢機卿の護衛隊など向こうに回して、仲間と一緒に大暴れするもしないも、もうダルタニャンは銃士でなくなっていたのだ。

マザランの腹心

ダルタニャンが銃士でありえるはずがない。銃士隊そのものが、すでに存在しないからである。同じ四六年の一月二十六日、マザラン枢機卿は銃士隊の解散を断行した。維持費が国庫の過大な負担になっていると、それが公式の理由だったが、本当の目的は影響力の大きい銃士隊長を、体《てい》よく追放することだったといわれている。いつの時代も左遷は似たようなもので、トレヴィルは「フォワの土地、都市、城砦の総督」として赴任するという栄転の形を整えられた上で、ピレネ山脈の麓まで飛ばされた。フォワ市は故郷ガスコーニュの一角だが、まさしく山里というべき本当の僻地である。

すでに銃士隊を辞め、他の部隊に転属していたのか。あるいは銃士隊に留まり、この解散劇に立ちあったのか。いずれにせよ、以後のダルタニャンの選択は恐るべきマザランの手足となって働くという、賢明でありながらも些《いささ》か後ろ暗い道だった。それにしても同郷の縁者に助けられて、なんとか銃士の兵籍を得ていたガスコンが、全体いかなる手段を用いて、天下の宰相枢機卿にとりいったものだろうか。

この頃から諸々の記録に名前が上がるようになるのだが、我らが主人公をマザランに紹介したのは、やはり同郷のアントワーヌ・ドゥ・グラモン公爵だったというのが、専らの見方である。若い時分は「ギッシュ伯爵」を名乗りに用いた人物で、そう持ち出せば、読者諸氏はロスタンの『シラノ・ド・ベルジュラック』に出てきた、嫌らしい恋敵《こいがたき》を思い出されるかもしれない。とんでもない歪曲で、史実のグラモン公爵は聖人君子だったと、そうした弁護を行う意図は毛頭ないが、劇画化された印象で誤解されたままでも少し困る。一括《ひとくく》りにパリで成功したガスコンというが、この権勢家だけは余人と格が違うからである。

土台がグラモン家はガスコーニュ屈指の名家だった。中世以来ナヴァール王国の政治を左右してきた重臣の家柄で、十七世紀当時も「ナヴァール副王」の称号を与えられていた。ピレネ山麓の領地ビダシュに関してはフランス王の支配を受けない、独立領の主の資格さえ有していたが、この名家を単に継承するに満足せず、アントワーヌ・ドゥ・グラモンはパリに飛び出したのである。

グラモン元帥

一六〇四年の生まれで、ダルタニャンより十歳ほど年長だが、それにしても三九年には近衛歩兵連隊長、四一年にはフランス元帥に昇進して、その出世ぶりは到達する高さも、到達するまでの早さも全く別物である。秘密はリシュリュー枢機卿の姪にあたる、フランソワーズ・マルグリット・ドゥ・シヴレを奥方に迎えた事由にも求められるが、いずれにせよ、グラモン公爵は政界の中枢に参画するほどの大物だった。同時にガスコン共同体の顔役でもあるわけで、これと目に留めた同郷の人材を、しばしばマザラン枢機卿に推薦していた。おかげでダルタニャンも、宰相閣下の腹心となることができたのである。

グラモン公爵の後援に加えて、我らが主人公の当該時期には、太后アンヌ・ドートリッシュの厚意も垣間みることができる。まさかデュマが描いたようなイギリス行の冒険で、王妃時代に窮地を助けた秘話があるとも思えず、恐らくは宰相の腹心として宮廷に出入りするうち、日々の忠勤を認められたものだろう。少し時代は下がるが、マザラン枢機卿が部下リオンヌにあてた五一年四月二十三日付の手紙に、次のような証言を見出すことができる。

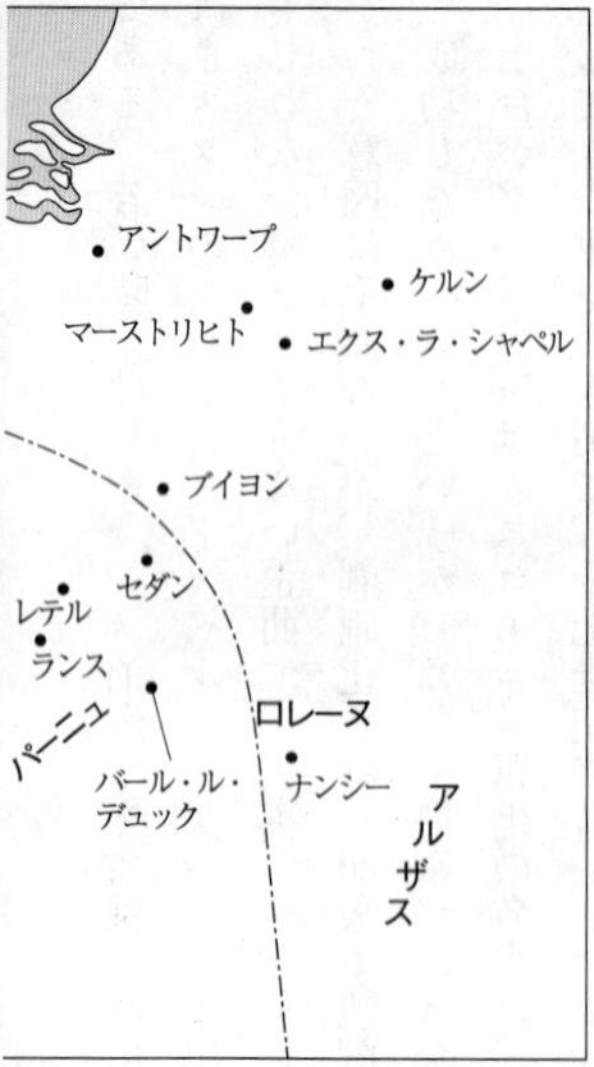

「かねて太后はダルタニャンに近

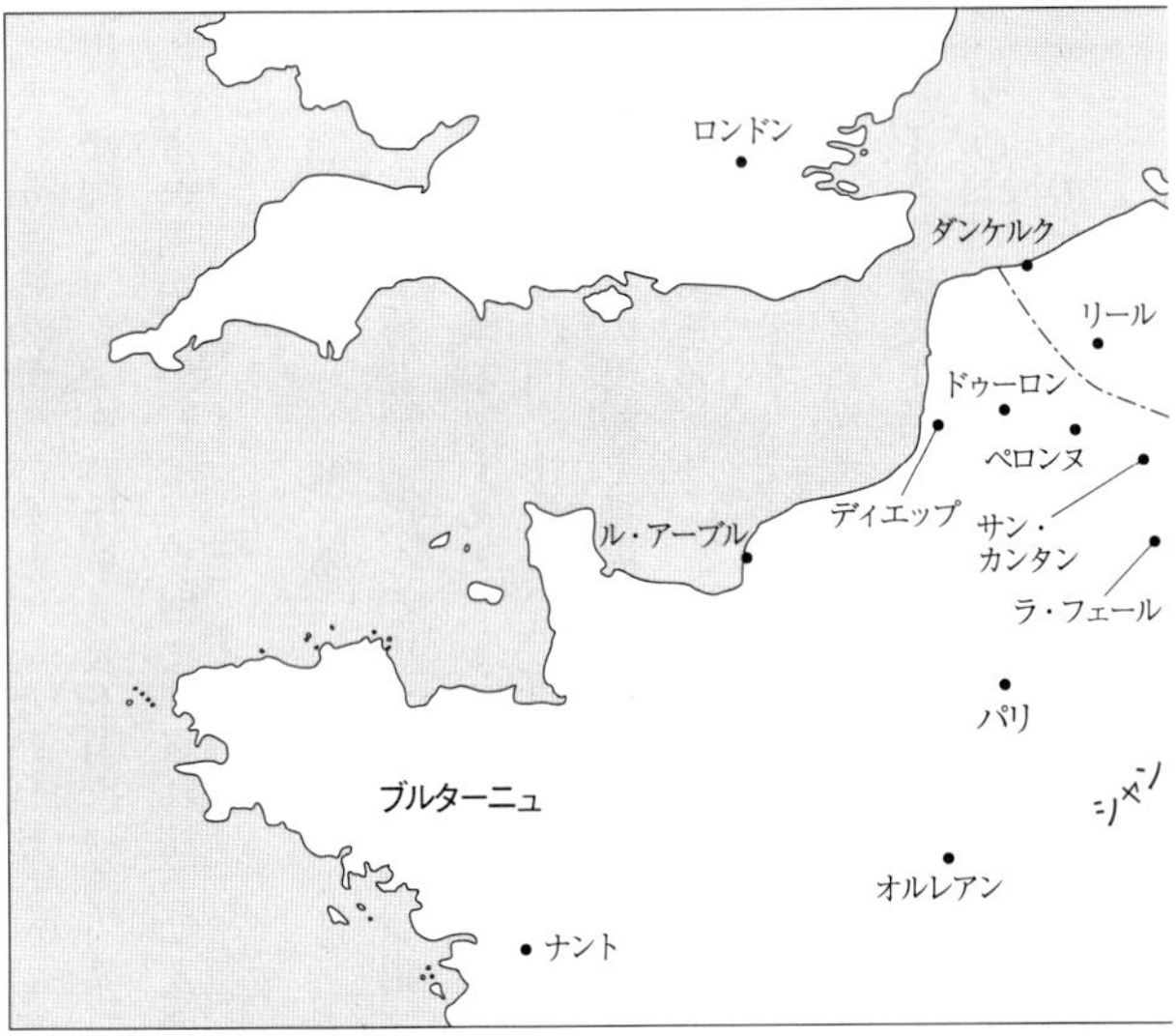

フランス国内外に広がるダルタニャンの活動

衛隊の隊長代理職くらい与えるよう、小生に御希望をもらしておりました。小生が確信しますに、そうした抜擢は彼の御仁(グラモン公爵)が太后陛下の御耳に入れられたことでもあるらしく、これからも彼の御仁は彼の御夫人に、常に同種の口添えをなされることでしょう」

　前途洋々たるダルタニャンの新しい身分は、当時の言葉で「家士(gentilhomme ordinaire)」とか、「身内人(domestique)」とか呼ばれるものだった。執事とか、料理人とか、馬丁、御者、下男、下女などと変わらない、いわばマザランの私的な雇われ人である。いかなる公職も拝命していないわけだが、やはり仕える主人はフランス王国を治める宰相枢機卿だった。その仕事は天下国家に無関係ではいられない。いや、微妙な課題を抱える権力者の側からすれば、規則に縛られない私人のほうが、なにかと使いやすいという理屈もある。

先の新聞記事からも窺えるように、ダルタニャンの新しい仕事は伝令役のようなものだった。クールトレも北部国境の都市で、スペイン領フランドルを睨《にら》みながら、ハプスブルク家を相手に激しい戦闘が行われていた時局の最前線である。こうした戦場や国境地帯の要地要塞とマザランとの間を往復して、現場に宰相の命令を伝え、同時に軍の稼働状況、規律、装備、補給と諸々の情報を把握しては、折り返し宮廷の主人に報告するというのが、与えられた仕事の骨子である。

いまひとつ例を引くと、ダルタニャンは一六四八年六月九日付の命令書でも、同じ北部国境の都市ペロンヌに派遣されている。現地の総督オカンクール侯爵に、スペイン軍が国境地帯に三千人規模で集結しているという最新情報を知らせ、さらに侵攻に備えて麾下要塞の防備を固めよ、状況によっては現地の民兵隊を動員せよ、近隣要塞の総督にも連絡せよ等々とマザランの指示を伝えることが、このとき与えられた使命である。ダルタニャンはペロンヌ総督の依頼があり次第、サン・カンタン、ギーズと国境地帯を疾走して、さらに同様の伝令仕事を繰り返さなければならなかった。

かかる仕事を担う家士は、ダルタニャンの他にも数人いたらしい。そうした同僚の中で、ここではベズモー卿フランソワ・ドゥ・モンルザンに触れておこう。ほとんど同世代で、しかも同じくガスコンで、さらに同じく元銃士という同僚は、やはりグラモン公爵に目をかけられ、ダルタニャンと一緒に引き抜かれた逸材である。我らが主人公とは旧知の間柄なわけだが、友情云々というよりも、以後ベズモーは出世競争の好敵手として現れる。

同じく伝令役から始めたが、ダルタニャンが北部フランドル国境の担当だとすれば、ベズモーは南部イタリア国境の担当だった。例えば、四六年十月にはラ・メイユレ、ル・プレッシ・プラスラン両元帥の下に遣《つか》わされ、折り返しピオンビーノ要塞奪取の報をマザランに届けている。ベズモーは戦闘に参加することもあり、四七年にはチィヴィダーレの戦いで、四八年にはクレモナの戦いで活躍を示した。このあたりは我らが主人公より、一歩先行というところか。だからといって、好敵手に呑気《のんき》に嫉妬している時間など、ダルタニャンには与えられていなかった。腹心として各地を飛び回る間にも、仕える宰相マザランは未曾有の危機に見舞われていたからである。

一六四八年八月二十六日、マザランは反政府の立場を標榜していたパリ高等法院評定官、ブルーセルとブランメニルの逮捕を強行した。この一報に激怒して、パリ市民は暴動に立ち上がる。近衛隊と小競りあいを繰り返し、また至るところバリケードを築きながら、徹底抗戦の構えで政府に二評定官の釈放を要求したのである。歴史に名高い、フロンドの乱の始まりだった。

2 フロンドの乱

風刺詩

反乱の気勢あがるパリの界隈では、宰相マザランの政治を非難し、あるいは人物そのものを中傷する辛辣な風刺詩が流行した。名づけて「マザリナード派」の詩人連に、エドモン・ロスタンの作中人物ならぬ実在の作家、シラノ・ドゥ・ベルジュラックも名前を連ねている。当時の雰囲気を押さえるために、ひとつ引用しておこう。

「目玉ひらいて、おいらを見やがれ。小細工なしといこうじゃないか

あんたときたら、要の信心ほっぽって、
あんたにかかれば、王さまだって籠の鳥だ
あんたときたら、正しい裁判ねじまげて、
あんたにかかれば、法律なんて無いも同じだ
胡椒パンまで値上げにしながら、あんたの合図で性悪役人ねりあるく
おいらなんぞは、つるつるてんに髪の毛まで抜かれちまった
おいらたちの金子《きんす》を掠《かす》める、あんたは泥棒というわけだ
ありとあらゆる村々で、木端《こっぱ》役人が食うや食わずの物まで奪い、
貧乏たれた民人なんぞは、もう万歳おてあげだい
あんたときたら、新税作りの名人で、
商売と名前がつけば、なんでも消費税の狙い撃ち
リキュールまで値段を上げて、
飲みたいばかりに、おいらは肌着を売る羽目だ
ほんの息抜きだってえのに、きっちり高利と手数料ふんだくる」
マザランはドイツ三十年戦争への介入を有利に進めた。一六四三年のロクロワを皮切りに、

アンガン公は四四年フリブール、四六年ダンケルク、四八年ランスと戦勝を積み重ね、また他方の名将テュレンヌも四八年にツスマルシャウゼンの戦いを制して、ミュンヘンを占領する。マザラン主導でフランスは着々と優位を築き、その終の勝関《かちどき》ともいうべき金字塔が、一六四八年十月二十四日に締結されたウェストファリア条約である。アルザス地方を獲得した実利に増して、フランスの時代を広く諸国に印象づけたものの、その実は満身創痍の勝利だった。

なんとなれば、戦争は金を食う。戦費を賄《まかな》うために、政府は人頭税、人頭税付加税、軍隊糧秣税、軍隊宿泊税(以上、直接税)、塩税、酒税、関税(以上、間接税)と掻き集め、その結果フランス全土が重税に喘《あえ》いでいた。特にパリに関していえば、またぞろ家屋税、富裕者税、入市税と新税が課されるのだから、いくら外に覇を唱える名宰相でも、内に人気が芳《かんば》しかろうはずもない。

かくてフロンドの乱は勃発する。パリの民衆蜂起は、輝かしきウェストファリア条約の締結を待たない、八月二十六日の事件だった。そのエネルギーたるや、ときに爆発的なものがあるが、他面で民衆の行動は理性的であるより、しばしば感情的なものである。フロンドの乱でも騒擾《そうじょう》拡大の因として働きながら、具体的なスローガンを掲げて、政府との対決を主導できたわけではなかった。むしろ展開の鍵を握るのは、自らは免税特権に恵まれていた二勢力、すなわち高等法院と貴族だった。

高等法院がマザランに覚える不満は、要するに「あんたときたら、正しい裁判ねじまげて、あんたにかかれば、法律なんて無いも同じだ」ということである。高等法院は当時の最高裁判所で、政府の決定を無効にできる勅令の登録権と、政府の方針に意見できる建白権を有していた。だというのに、マザランは戦費を賄いたいがために、新しい税法を独断で乱発したのだ。当然のこと、この暴挙を高等法院は容認できない。いうなれば、その不満は重税そのものでなく、好きに重税を課すような、横暴な政府に向けられたものだった。この文脈で他方の貴族の不満をいうなら、それは「あんたときたら、要の信心ほっぽって、あんたにかかれば、王さまだって籠の鳥だ」というシラノの詩文に、やはり要約できるだろうか。

いうまでもなく、政治権力の源は王である。ところが、ルイ十四世は十歳の少年にすぎなかった。ために太后アンヌ・ドートリッシュが摂政の任につくが、やはり具体的な執政を自ら行うわけではない。少年王の名において、あるいは摂政太后の名において、フランスの政治権力を独占していたのはマザランと、これに従う国務会議のメンバーという、ほんの一握りの人間だけだった。王族はじめ気位の高い貴族にすれば、どこの馬の骨とも知れないイタリア人と、これに取り入る平民出の郎党どもに、本来の発言力を奪われていたことになる。

五一年二月から三月の動きをみると、貴族たちは全国三部会という議会を持ち出し、その大義で発言権を得ようとした節がある。してみると、民衆の不満を受けて、一方では裁判所が、他方では議会が、横暴な政府に対決を挑んだことになるが、実際に反乱の経過を追うならば、いずれの勢力も高邁《こうまい》な政治の理想を、本気で胸に温めていたとは考えられない。現に高等法院は保身のために、しばしば反乱から離脱した。貴族たちとて全国三部会が開かれないとみるや、たちまち武力闘争に移行して、最終的にはマザランとコンデ大公の単なる権力闘争の様相を呈する。民衆といえば、首謀者に動きがあるごと、付和雷同的に右往左往するばかりである。

それぞれの勢力が手前勝手な利害で動き、ただ離合集散を繰り返す。フロンドの乱は五年に及ぶ動乱を何も生み出すことのない、無駄な大騒ぎとして終息させた。とはいいながら、それは結果論なのであり、渦中のマザラン枢機卿は文字通り、絶体絶命の危機の連続だった。こうした難局にもかかわらず、デュマが『二十年後』で描き出しているように、ダルタニャンは宰相枢機卿に変わらぬ忠誠を尽くしている。

はじめの民衆蜂起まで話を戻そう。ブルーセル、ブランメニルを釈放して、なんとかパリの騒擾を鎮《しず》めた政府は、一六四九年三月三十日、リュエイユの和睦でパリ高等法院の反抗を押さえた。が、この頃までには王都の炎が、フランス各地に飛び火していた。武装蜂起が相次いで、その対応に宰相枢機卿は自ら、ノルマンディ、ブールゴーニュ、ギュイエンヌと飛び回ることになる。こうした日々にダルタニャンは、引き続き精力的な伝令役を担い続けたようである。在ボルドーのマザランは一六五〇年九月六日付の手紙で、パリで待機する部下リオンヌに次のように書き送っている。

「国王、太后両陛下の御加減を知りたくて、小生は宮廷にダルタニャンを送ります。こちらの状況の詳細も全て、この男が伝えてくれるものと思います」

ごく短い手紙である。内乱状態では平素に増して、伝令は命がけだ。不平貴族の反乱軍に捕らえられ、あるいは予測できない民衆の蜂起に囲まれて、途中で手紙を奪われる危険があるからだ。迂闊《うかつ》な文章は託せない。口頭で伝える命令が増え、宰相の側近ダルタニャンの役割は重くなる一方である。

折り返しマザランの元に戻ると、十二月はじめに今度は東部国境に急行だった。テュレンヌ元帥が反乱軍の支持に転じていた。あろうことかスペイン軍に同盟を求め、この仇敵に国境都市レテルを開放してしまったのだ。ル・プレッシ・プラスラン元帥が急行して、すぐさまレテル市を奪還、十五日にはテュレンヌ麾下の反乱軍を撃破したが、この陣営に宰相の名代として駆けつけたのが、我らが主人公だった。このとき、ダルタニャンは主人に言伝《ことづ》てされた戦勝祝賀を述べ、元帥に戦闘の死者、負傷者、捕虜のリストを預けられて、再びマザランの下に合流している。

いったんパリに戻るも、まだまだ内乱は終結を見なかった。なんとか地方を鎮火しても、またぞろ王都の火事が再燃するからである。一六五一年一月三十日、パリ高等法院は態度を一変させて、マザランを厳しく弾劾した。騒乱に乗じて政権奪取を目論《もくろ》む危険人物であると、宰相枢機卿がコンデ大公、コンティ公、ロングヴィル公の逮捕を強行したのは、五〇年一月のことだった。当初から物議を醸《かも》した一件で、この高圧的な暴挙こそは実のところ、テュレンヌ元帥を反乱に走らせた理由である。この歴戦の名将にまで、政府は愛想を尽かされた。もう宰相枢機卿に勝ち目はあるまい。こうした状況の変化を目敏《めざと》く読むと、パリ高等法院は三人の大貴族の即時釈放と、マザランの国外追放を唐突に決議したのである。

マザラン亡命

宰相枢機卿は降伏など考えなかった。一六五一年二月六日、深夜十一時のこと、マザランは地味な灰色の服装と大きなフェルト帽で変装すると、たった二人の従者に伴われながら、裏門からパレ・ロワイヤル(新王宮)を抜け出した。王都の北西リシュリュー門で二百騎の手勢と合流して、そのままパリ脱出に成功するや、まず一行はノルマンディの港湾都市ル・アーブルに直行した。コンデ大公、コンティ公、ロングヴィル公を収監していた都市であり、これを自ら解放することで、宰相は三人の大貴族と和解を果たし、もって劇的に事態を収拾しようと試みたのだ。が、あえなく失敗に終わる。ならばと、今度こそマザランは強行軍の亡命を決断する。

それは内乱のフランスを横断する、まさに決死の逃避行だった。この冒険には枢機卿付の護衛隊で、すでに隊長代理に抜擢されていた同僚ベズモーは無論のこと、ダルタニャンも同道したようである。一行はディエップ、ドゥーロン、ペロンヌ、ラ・フェール、バール・ル・デュック、セダン、ブイヨンと経由しながら、ひたすら東進を続けた。ベズモーをスペイン領アントワープに遣わせて、わざわざ通行許可を取りながら、逃れの宰相が目指す亡命先はドイツだった。三十年戦争の過程で同盟を結んだ友邦があるからである。マザランはスペイン領エクス・ラ・シャペルから、四月三日付の手紙でパリのリオンヌに、次のように報告している。

「小生は(ケルン)選帝侯殿に御挨拶を届け、また小生が落ちのびられるよう、なにがしかの城の提供を求めるために、ダルタニャンをボンに遣わせました。というのも、かの地の住人は甚だ乱暴なのだと教皇特使の助言があり、いきなりケルンに足を運ぶべきではないということなのです。小生が思いますに、ライスヒニック城かブレール城に逗留することになるでしょう。ひとつは彼方、ひとつは此方ということですが、二城とも、かの都市(ケルン)から二リューの距離にあります」

亡命先を確保するという、一種の外交課題を課せられながら、これを我らが主人公は見事に成功させた。ケルン大司教選帝侯マクシミリアン・フォン・バイエルンは快諾を返答して、数日後にはマザラン一行をブレール城に受け入れた。それは祝砲うちならす、王侯を迎えるかの歓待ぶりだった。前の項で触れた、ダルタニャンに近衛隊長代理の職を与えて報いたいという話は、この手柄の直後の手紙である。実現は少し先になる。まずは事態を好転させることである。

四月から十一月までブレール城に逗留して、これを拠点にマザランは捲土重来の逆転を画策した。一方でフランス国内には、国王ルイ十四世、摂政太后アンヌ・ドートリッシュはじめ、リオンヌ、ル・テリエ、セルヴィアン、フーケ、コルベールらの部下を残していた。これら敏腕家と緊密な連携を計るために、この時期の宰相は以前に増して有能な伝令を必要としていた。次に引用する五月四日付の短信は、コルベールが経過を報告したものである。

「閣下、小生は昨夜の非常に遅くにダルタニャン殿の手から、閣下が小生に宛てられた二通の手紙を受け取りました。先月の二十三日付の手紙と二十四日付の手紙です」

平易に伝令役というが、こたびのダルタニャンは国境を跨ぎながら、ブレールからパリへ、パリからブレールへ何度も往復することになる。フランスの内乱状態は変わらず、移動の距離が伸びた分だけ、さらに危険は増していた。だというのに伝令任務に留まらず、いったんパリに到着すれば、我らが主人公は王都に潜伏するマザラン方の密偵たちと協力して、微妙な政治工作にも加担したようである。

反乱諸勢力の協調は長続きしなかった。パリ高等法院と対立して、コンデ大公は九月六日に王都を離れた。十二月十二日、アンヌ太后は息子国王の名において、いよいよ宰相枢機卿の復権を宣言する。マザランもブレールを発ち、遂にドイツ国境を越える。が、同時にパリ帰還の環境を整えなければならない。工作の中心人物は後に登場する悲運の大臣の弟で、バジル・フーケという大修道院長だった。この人物にマザランは高等法院の有力者を懐柔するよう、さらに不平貴族の団結を切り崩すべく、ルイ十三世の王弟にして、ルイ十四世の叔父君であられるオルレアン公ガストンに、密《ひそ》かに探りを入れてみるよう命じていた。セダンから送られた十二月二十六日付の手紙では、次のような指示を確かめることができる。

「親王殿下(オルレアン公)が小生に対して、さほどの敵意もないようで、当方の郎党が手紙を届けても不快に思わないようだったら、ちょうどパリにおりますから、ダルタニャンかダルヴィルに、そうした役目を任せることができるでしょう」

結果から言えば、こたびの工作は不調に終わった。不平貴族と仲違《たが》いしたからと、パリ高等法院が直ちに味方になるわけではなかった。またオルレアン公のほうも、コンデ大公と同盟を結んでしまう。大公といえば、スペイン軍の加勢を手に入れ、いよいよ戦争準備を整えていたのである。シャンパーニュ地方の都市、ポン・シュール・ヨンヌまで進んでいた宰相枢機卿が、パリのバジル・フーケにあてた一六五二年一月十一日付の手紙からは、再び緊迫の渦中に置かれた忠僕を、さかんに気遣《きづか》う様子が読み取れる。

「ダルタニャンに伝えるよう、貴殿にお願いいたします。小生を見つけて合流してほしいと、また不愉快な出来事に巻き込まれないよう、注意を怠らぬようにと。神の御名において、貴殿も気をつけてください。というのも、いかようであれ、世人にマザラン方であると知られれば、直ちに身の破滅になるに違いないと思うからです」

　バジル・フーケのほうは、あえなくコンデ大公の兵隊に捕らえられた。が、ダルタニャンは今や手練《てだれ》の密偵であり、一月二十八日には首尾よくマザランに合流を果たしている。場所は国王一行がパリの難から逃れていた、中西部の都市ポワティエである。また宰相枢機卿も久方ぶりの宮廷だった。この時点までにテュレンヌ元帥も摂政政府の陣営に戻り、王国の正規軍を率いて、コンデ大公の反乱軍を撃破した。ダルタニャンの宮廷到着は、この勝利の軍勢がロワール地方の制圧を進めていた頃らしい。ニヴェルネ地方総督、ビュッシィ・ラビュタン伯爵は『回想録』に記している。

「アルショォンボー発の国王の書状が、アルタニャンの手で小生に届けられた。さらに枢機卿の手紙が一通、二人の国務大臣ル・テリエ殿とラ・ヴルイエール殿の手紙が一通ずつ一緒に送られてきた」

　ダルタニャンが手紙を届けたのは三月二十九日で、作戦現場ラ・シャリテに滞在中の伯爵にロワール河にかかる橋の確保と、テュレンヌ麾下の軍勢を養う補給の準備を命令するためだった。反乱の鎮圧は着々と進むかにみえたが、四月初旬にパリの民衆は反マザラン感情を思い出し、王都にコンデ大公を迎え入れた。アンヌ太后とルイ十四世は、サン・ジェルマン・アン・レイで事態を見守る。慎重なマザランは事を急がず、再び宮廷を離れると、いったんブイヨンまで下がる。このシャンパーニュの国境都市に、ダルタニャンも同道したかと思いきや、こたびは制圧作戦を続けるテュレンヌ元帥の指揮下に残留した。数年の献身が報われて、遂に近衛歩兵連隊の隊長代理のポストを手に入れたからである。

近衛隊長代理になる

それは近衛隊長ヴィトリモン麾下の人事で、前任の隊長代理パッシィは先のグラヴリーヌの戦いで戦死したばかりだった。空位が生じるや、宰相マザランは時を移さず忠僕に報いた。ダルタニャンは四十歳を前にして、ようやく念願の公職を拝命したわけである。にもかかわらず、我らが主人公には喜び半分というところだった。他でもない、独り部隊で孤立を余儀なくされたからである。

ヴィトリモンの近衛部隊には、カルトグレという旗手がいた。人望厚い古参兵士であるのみならず、一六四七年アルマンティエールの戦いで、指揮官が不在という難局に六部隊の指揮を取り、英雄的な働きを示した逸話の持ち主でもある。これを喜んだ近衛歩兵連隊将エペルノン公爵は、空位が出しだいの隊長抜擢を約束した。昇進が先送りされるうちに、上官パッシィが戦死したのだから、隊長ポストのほうは乱暴な空約束としても、隊長代理のポストくらいは自分のものだと、カルトグレは疑わなかったに違いない。いや、部隊の皆も信頼する下士官の昇進を期待した。なのに隊長代理の晴れの金モールは、ダルタニャンとかいう見知らぬ男が肩から下げてしまったのだ。

以後の経歴が証明するように、ダルタニャンは軍人として、指揮官として、資質に欠けていたわけではなかった。が、そうした自分の能力を、くどくど語り聞かせたところで始まらない。宰相マザラン、太后アンヌ・ドートリッシュ、さらにグラモン元帥公爵という錚々たる面々に有無をいわさぬ圧力をかけさせて、まんまと隊長代理の位を掠めた憎い奴と、そうしたところがヴィトリモン部隊での評価だからである。きさまらが気に入らなくとも、こちらは上官なのだと、一方的に権威を振りかざすこともできないのだから、なかなか厄介な話である。

ここでダルタニャンの上京を思い出してもらいたい。地縁、血縁に訴えながら、若者は縁故入隊が常道だった。部隊の編成そのものが、地縁、血縁、その他もろもろの個人的な関係を軸としていたからである。正式な辞令を受けた上官であれ、それが仲間意識を共有できない「余所者《よそもの》」であるならば、そうそう簡単には受け入れない。仲間が退けられたと思えば、むしろ反感を抱いて当然なのである。

話を旗手カルトグレに戻せば、この不運な古参兵士は五二年五月四日、テュレンヌの正規軍とコンデの反乱軍が再び激突したエタンプの戦いで、あえなく戦死してしまった。この悲劇でダルタニャンに注がれる部隊の目は、いっそう冷たくなったに違いない。いたたまれなくなったらしく、我らが主人公は一年と転戦せずに、宰相マザランの随員に復帰している。

一六五二年十月、劣勢のコンデ大公は、とうとうスペインに亡命した。いよいよパリ凱旋に向け、マザランは最後の詰めに着手する。これに合流したダルタニャンは、シャンパーニュの作戦現場でエーヌ河の橋梁敷設に奔走するなど、元の切れ者ぶりを発揮している。宰相枢機卿に従いながら、晴れのパリ入城を果たしたのは、一六五三年二月二日のことである。

3　足場を固める

着実な昇進

苦労の報酬は近衛隊長代理の薄給だけ。しかも部隊の皆とは反《そ》りが合わない。かたやの同僚ベズモーといえば、いよいよ枢機卿付の護衛隊長に昇進を果たすのだから、なんら引けを取らない数年の働きを考えれば、なんとも間尺に合わない話である。とはいえ、この不遇でダルタニャンの気力が萎えたわけでも、また立身出世の道が頓挫したわけでもなかった。これで終わるはずがない。忠勤を尽くしてきたマザラン枢機卿は、今や五年の内乱を収め、以前に増して全能の権をふるう宰相として、パリに返り咲いていたからである。

話は少し逸れるが、ルーヴル美術館に並んで、セーヌ河の辺《ほとり》に開けるテュイルリー公園は、十七世紀当時から王侯貴族の散歩道として知られていた。そもそもがテュイルリー宮の付属庭園として、十六世紀に造営されたものだが、かつてのルーヴル宮と現在の小凱旋門の位置で連結していた建物のほうは、十九世紀の火事で惜しくも消失した。残された庭園が公園として今も愛されているわけだが、我々が覗《のぞ》いている十七世紀という時代には、ここに幾つか宮殿の付属施設が建てられていた。そのひとつが「王立鳥舎」と呼ばれた邸館で、この建物の管理と警護を受け持つ役職が「テュイルリー王立鳥舎管理隊長(capitaine-concierge de la volière royal des Tuileries)」である。

フロンドの乱が終結した一六五三年当時でみると、カタロニア方面軍の補給官ルクレール卿が、このポストを兼任していた。兼任が珍しくない時代だが、ことにテュイルリー鳥舎管理隊長の場合は実務という実務も伴わない、いわば名誉職である。それでいて、この宮内官職には年給千リーヴルがつき、またルーヴル宮やパレ・ロワイヤルの間近に、住みこみの豪奢な仕事場を持てるという特典がつく。これは悪くない。同年十月、ルクレール卿が瀕死の床にあると情報が聞こえてくると、即座に行動を開始したのが我らが主人公だった。

ダルタニャンはマザラン枢機卿に、これを六千リーヴルで購入したい旨を持ちかけた。が、そういうと、良識ある読者諸氏は首を傾げられるだろうか。いやしくも国家の公職を金で買うという、現代人の感覚では仰天するような習慣が、かの悪名高い「官職売買(vénalité des offices)」である。

一部の特殊なポストを除いて、この時代の公職は一種の財産であるとみなされた。役目を担うというよりも、ポストに付随する俸給、利得、特権を買い取るわけである。だとすれば、不動産のように複数の物件を所有する感覚で、ポストの兼任は珍しくなくなる。それを息子に相続させることもできた。持参金がわりとして、他家に嫁ぐ娘に持たせてやることもできた。もちろん、好きに売買できる。先にフロンドの乱に登場した高等法院の諸職なども、実は金で買うポストなのであり、このために政府に対しても強気に出ることができた。今風に「免職」しようと試みても、それが個人の財産であるからには、政府はポストを「買い戻す」ことになるからだ。それも都合よく、売りに出してくれればの話だ。

国家を私物化するような慣行だが、数々の不都合にもかかわらず、官職売買は司法、行政、財政と、あらゆる分野に広がっており、軍隊でも将校職などは取り引きの対象になっていた。これが話を複雑にする。ダルタニャンが近衛隊長代理のポストを得たとき、我々はパトロンの後援が大きく物をいう様を目撃している。ところが、政府でさえ好きにポストを動かすことができないのだから、さすがのパトロンの影響力も届かないときがある。昇進を左右する今ひとつの要素として、ここに財力という問題が浮上する。だからこそ、ダルタニャンは六千リーヴルの大枚を払うと一大決心したのである。恐らくは当時の全財産であり、ポストが欲しいとなると後先を考えないあたりは、さすがに猪突猛進のガスコンである。

さておき、それでもマザランに話を通さないわけにはいかなかった。パトロンの影響力も依然として、大切な要素であり続けるからである。経過をみてみよう。ダルタニャンの障害は他にも購入希望者が名乗りを上げたことだった。最大の競争相手は建築総監エティエンヌ・ル・カミュという人物である。これが後世に重商主義で知られる金満家、かのコルベールの従兄弟という素性であり、テュイルリー鳥舎管理隊長のポストのために二万リーヴルを提示してきた。十一月五日、遂に前任者ルクレールが任地ペリピニャンで息絶えると、早速コルベールは従兄弟のために宰相枢機卿に働きかけた。以下に引用するのは、これに対するマザランの答えである。

「小生は話題になっている職務を、ダルタニャンにと考えておりました。小生のところに真先に人を遣《つか》わせ、懇願してきたものですから。とはいえ、このポストが六千リーヴルを上回る価値があるとは知りませんでした。貴殿のためにできることがあるとなれば、小生は労を惜しみません。が、貴殿も小生が交《か》わしてしまった約束のことを、どうか考えてほしいのです」

報われない忠僕を気の毒だとも、このままでは済まないとも感じていたのか、マザランは約束を守り、最後までダルタニャン支持を貫いた。こう出られると、さすがのコルベールも財力に物をいわせるわけにはいかない。強引に買い取りを進めれば、宰相枢機卿の顔を潰《つぶ》すことになるからである。恐らくはル・カミュに希望を取り下げさせたのだろう。「ダルタニャン卿が示した優れた奉公を鑑《かんが》み、また以後も忠勤を促すために、陛下は彼の者にルクレール卿の死没によって空位になっていた、陛下のテュイルリー庭園における鳥舎隊長の職務を与えられたものである」という文面で正式な辞令が下りたのは、翌一六五四年四月のことだった。我らが主人公には一件落着というわけだが、当然コルベールは愉快であるはずがない。今後の展開とも係わるので、読者諸氏には未来の大臣の不快感を、是非にも記憶しておかれたい。

宮内官職を手に入れたからと、ダルタニャンは安穏として、パリの日々を楽しんだわけではなかった。四十代は、いよいよ働き盛りである。あくまでテュイルリー鳥舎管理隊長は名誉職であり、実務は変わらず近衛隊長代理なのである。同五四年六月、近衛隊全隊は国王ルイ十四世の戴冠式のため、シャンパーニュの大司教座都市ランスに向かった。巨大な軍事パレードで、青年王の聖別に花を添えたと思うや、その足で国境地帯に急行だった。

フロンドの乱で敗走したコンデ大公が、その報復とばかりに亡命先の敵国と結んで、三万のスペイン軍を率いながら、北部国境を侵していた。戴冠の興奮さめやらぬルイ十四世は、親征をもって応えた。七月のストゥネイ包囲を皮切りに、アラス、ランドルシー、サン・ジスランと、ここに新たな戦端が開かれる。四八年のウェストファリア条約で、ドイツ三十年戦争は終結したが、これに介入したフランスとスペインだけが、それぞれ単独で戦争を続けることになったのである。

戦争にはダルタニャンも参加した。負傷の憂き目にも会うが、ようやく部隊の仲間に認められたのか、今回は離脱を余儀なくされることもなく、不撓不屈《ふとうふくつ》の転戦を三年も続けている。ここで特筆するべきは、一六五五年の夏の経過である。激戦続きに辟易《へきえき》したらしく、近衛歩兵連隊副将ヴァンヌは引退を決め、そのポストを八万リーヴルで売りに出した。希望者が殺到したが、そのうち宰相マザランの推薦を得たのが、連隊の最古参隊長フーリィーユだった。この人事で玉突きが生じ、従前に占めた隊長ポストが空位になる。自らはたく大枚を賄うために、フーリィーユは売値を八万リーヴルに設定した。近衛の部隊を率いる名誉のポストであるにしても、これは法外な値段である。なのに是非とも欲しいとなれば、考えなしに食いつく男はいたのだ。

急ぎ金策に着手したのは他でもない、我らが主人公だった。ダルタニャンは隊長代理のポストを旗手フラッシィに、せっかく手に入れたテュイルリー鳥舎管理隊長のポストまで、メズィエール都市総督エストラードに売却したが、そうして必死に掻き集めても半分にしかならなかった。まだ四万リーヴルも足りない。あとはマザランに泣きつくしかないわけだが、このイタリア人は吝嗇家で知られた男である。金は断じて出さないが、そのかわりに口だけは利いてくれる。皮肉といおうか、宰相枢機卿が借金の算段をつけてくれた相手は誰あろう、先の一件でダルタニャンに不快感を残すジャン・バティスト・コルベール、その人だった。

かくて大枚八万リーヴルを支払い、ダルタニャンは四十歳をすぎて、ようやく近衛隊長に昇進した。一六五五年七月から意気揚々と自分の部隊を率い、正式な辞令も五六年一月十三日付で交付された。近衛隊長ダルタニャンは以後五七年の冬まで、ヴァランシエンヌ、カンブレ、モンメディ、アルドル、ラ・マト・オ・ボワ、ブールブール、マルディックと戦場を転々とすることになる。

五八年の春にかけてパリに戻り、ルーヴル宮の警護任務に着いたが、もう五月には北部国境の作戦に復帰した。同郷のパトロン、グラモン公爵の長男で、デュマの『二十年後』や『ブラジュロンヌ子爵』にもラウルの親友として登場する若き貴公子、ギッシュ伯爵が指揮したダンケルク侵攻作戦である。この戦場に思わぬ吉報が届いた。マザランの強い希望で、ダルタニャンが銃士隊の隊長代理に選ばれたというのだ。

先に述べた通り、近衛銃士隊は一六四六年一月に解散された。それを一六五七年一月十日付で、若き国王ルイ十四世が改めて組織していた。花の精鋭部隊を擁して、近衛歩兵連隊がパレードに要する負担を軽減するのだと、再興の理由がもうけられたが、こたびはマザランも特に反対しなかった。フロンドの乱を見事に鎮め、今や磐石の地位を固めた宰相枢機卿は、かつてのようにトレヴィルの影響力を恐れる必要がないからである。

それが証拠に旗手に抜擢されたのは、前の銃士隊長の息子ジョゼフ・アンリ・ドゥ・トレヴィルだった。また新たな銃士隊長には、フィリップ・マンシーニ（フィリッポ・マンチーニ)というマザランの甥子が据えられた。ほどなくヌヴェール公爵となる若者は、宮廷政治の力学からすれば順当な地位を占めたのだが、その指揮能力には大いに疑問が残るところである。土台が政治にも、軍務にも無関心で、ローマに遊びに出たきり、たまにしかフランスに戻らないような人物なのである。ために事実上の指揮官として、銃士隊長代理の人選が組織の肝だった。

一六五七年の再興の時点では、銃士隊長代理のポストはイザック・ドゥ・バースという、ダルタニャンと同様にマザランの側近を務めた人物に与えられた。が、バースは健康上の理由から辞職を余儀なくされ、ここに空位が生じる。かくて促された人事について、一六五八年六月一日発売の『ガゼット』は次のように伝えている。

「すぐる(五月)二十六日、国王陛下は彼の都市(マルディック)に到着なされり。同日、かねて近衛フランス歩兵連隊で隊長を務められたるダルタニャン卿は、こたび銃士隊長代理の職務につき、陛下の御手に忠誠の誓いを捧げられた由」

ダンケルク、ベルグ、フュルヌ、ディスムード、グラヴリーヌ、ウデナルドと今しばらく戦場で働いたあと、ダルタニャンは久方ぶりの銃士として、国王の側仕えを開始した。同年十一月のこと、麾下の銃士隊を率いながら、南フランスはリヨンまでの長旅に同道する護衛任務が、銃士隊長代理としての実質的な初仕事だった。

金持ちの未亡人

五歳で即位したルイ十四世も、今や二十歳の立派な青年王だった。そろそろ王妃選びも考えなければならないと、五八年十一月のリヨン行は隣の公国サヴォイアの姫君マルガレーテと引き合わせる、平たくいえば見合いを目的としたものだった。が、この計画はスペイン王家の介入で反故《ほご》になる。長旅で首尾よく結婚相手を得たのは、眼目の国王でなく、同道していた我らが主人公のほうだった。

青年時代のルイ 14 世

　ダルタニャンが未来の妻と出会うのは、リヨン行の途中で経由したブールゴーニュ地方の都市、シャロン・シュール・ソーヌだった。十一月二十一日、地元名士は国王一行のために、大々的な歓迎レセプションを開いた。この席で陛下の銃士隊長代理は、当市の総督ガブリエル・ドゥ・エナン・リエタールに自分の異父姉だとして、一人の女性を紹介される。アンヌ・シャルロット・クレティエンヌ・ドゥ・シャンルシィと名乗りを挙げた貴婦人こそは、近い未来のダルタニャン夫人である。

話は逸れるが、史実のダルタニャンの恋愛体験は、我々の期待に反して、ほとんど報告されていない。がちがちの堅物だったと特記される向きもないので、クールティル・ドゥ・サンドラスやデュマが描いたほどにはドラマチックでないにしても、何人かの恋人はいたものと思われる。また史実として、ダルタニャンには当時のパリで最も瀟洒な界隈とされたマレ地区に足を運び、教養豊かなマダムたちが主催していた、いわゆる「サロン」に出入りしていた形跡がある。文芸の保護者としても有名なグラモン公爵の紹介であり、フランス語の純化が叫ばれた時代のこと、洗練された社交の場で無粋なガスコーニュ訛りを直しながら、そうした機会に「伊達女(Précieuses)」と親密な仲になったと、そんな想像も不可能ではない。が、いずれにせよ、確かなところは不明である。もとより、よほどの有名人だったり、あるいは派手な素行が醜聞を招いていたり、はたまた遍歴自慢が自ら回想録を書いたり、そういうことでもないかぎり、個人の恋愛体験などは歴史に残らないものなのだ。残るのは公然たる男女関係、すなわち結婚歴だけである。

結婚といえば、我らが主人公は独身を貫くまま、すでに四十歳をすぎている。現代の常識にあてはめると、やや遅すぎる気もするが、当時の男性は晩婚が珍しくなかった。ある程度の栄達を遂げてからのほうが、結婚の条件が良くなるからである。恵まれた大貴族の御曹司というなら話は別だが、ダルタニャンのような貧乏貴族の末子では、簡単には女性に興味を抱いてもらえない。国王の側仕えで、宰相の覚えもめでたく、颯爽《さっそう》たる制服姿で宮廷を練り歩く銃士隊長代理であればこそ、ようよう理想の相手も振り返ろうというものなのである。

では、その理想の相手とは、どんな女性のことなのか。美人だとか、スタイルが良いだとか、あるいは思いやりがあるとか、よく気がつくとか、現代男性が求めるような甘えた理想は話題にも登らない。それは結婚でなく、恋愛に求める理想なのだ。そのかわりに十七世紀の男性は、シビアな現代女性さながらに、結婚相手に自分の格を上げてくれる家柄、自分を富ませてくれる財力、さらには自分の出世を助けてくれる影響力等々、つまりは自分の得になる諸々の特典を求めて少しも憚《はばか》らなかった。

話をダルタニャンに戻そう。御眼鏡《おめがね》にかなったアンヌ・シャルロットという女性は、サント・クロワ男爵シャルル・ボイエ・ドゥ・シャンルシィを父に、ラ・ロシェットの女領主クロード・ドゥ・リモンを母に生まれた。シャロン一帯に高い声望を得ていた名門貴族の令嬢というわけで、ガスコーニュの新興貴族の伜にすれば、まさに高嶺の花である。こういう女性を妻にできれば、一代の立身出世を古い貴族社会の序列の中に、きちんと位置づけることができるのだ。

いま少しアンヌ・シャルロットの素性を追えば、この名家の令嬢は不幸にも、父親シャルル・ボイエに早世されていた。母親クロードはシャロン総督シャルル・ドゥ・エナン・リエタールと再婚して、ガブリエルという息子を産んだ。この異父弟が総督の仕事を継いだため、ダルタニャン夫人は未来の夫と出会う機会を得たのだから、これも僥倖というべきか。

とはいえ、アンヌ・シャルロットは初婚ではなかった。すでに一六四二年十月、ブールゴーニュ最古の系譜に連なる名族の御曹司、ラ・クレイエット男爵ジャン・レオノール・ドゥ・ダマと結婚式を挙げている。が、貴族家門の男子の常で、最初の夫もウクセル騎兵連隊で隊長を務める軍人であり、五四年アラス戦で不運の戦死に果てた。まだ子供は無いながら、もう三十五歳の未亡人という境涯で、アンヌ・シャルロットは我らが主人公と巡りあうのである。が、そんな過去など、ダルタニャンの目に瑕《きず》となっては写らない。デュマがポルトスの愛人として描いたコクナール夫人さながらに、この未亡人も大した金持ちだったからだ。アンヌ・シャルロットは実父の遺言で、サント・クロワ男爵領の持ち主になっていた。しかも前夫が周辺地所の買収を進めてくれたおかげで、男爵領は相続した時点より大きくなっている。さらにエルブーフ公爵給付の年金という形で六万リーヴルの債券を持ち、育ての親というべき叔父ポントゥス・ドゥ・シャンルシィからは一万八千リーヴルの贈与を受け、等々等々。ちなみに銃士隊長代理の月給は、たったの二百リーヴルにすぎなかった。懐《ふところ》が淋しいとなれば、もう初婚だの、再婚だの、そんな区別は無意味だ。後継ぎの子供さえ生めるのなら、うら若い乙女である必要もない。ブールゴーニュの名家に育まれた金持ちの未亡人こそ、貧乏ガスコンが銃士隊長代理の凜々《りり》しい制服で釣り上げられる、およそ最高の魚だと思われたのである。

とんとん拍子に縁談は進み、一六五九年三月五日、ルーヴル宮の小広間で、シャルル・ダルタニャンとアンヌ・シャルロット・ドゥ・シャンルシィの結婚契約書が、パリ代官所の公証人ルヴァスゥール、ボワンダン両名の立ち会いで作成された。パリの慣習法に基づいて、夫婦間における財産の共有が定められたが、それは動産と今後獲得する不動産（サント・クロワ男爵領は含まれず、あくまで所有権は妻のもの）に限定されるとか、結婚前の借金には個々が責任を持つとか、はたまた夫の死後には未亡人資産として年金四千リーヴルをもらい、その時点で夫が所有する屋敷のひとつに住む権利を有するとか、こと細かに様々な条項が加えられている。金めあての新郎も新郎ならば、新婦も新婦で抜け目ないというべきか。

返す返すも浪漫のない話だが、証人として契約書に署名した面々に免じて、ここは一種の結納という程度に理解してもらいたい。新婦側の証人には異父弟ガブリエル・ドゥ・エナン・リエタール、従兄弟プルウヴォー侯爵ジャン・フランソワ・ドゥ・シャンルシィ、さらにフランソワ・ドゥ・プラーグと三人の親族が顔を揃えた。これは当然の顔ぶれとして、新郎側の証人には目を見張らざるをえない。

今やバスティーユ総督閣下であられるとはいえ、同僚ベズモーの立ち会いは特に驚くべきではなかった。グラモン公爵がリシュリュー枢機卿の姪にあたる奥方フランソワーズ・マルグリットと、後のモナコ大公妃であられる長女シャルロット・カトリーヌ、後のフランス元帥であられる次男シャルル・アントワーヌまで連れて参列してくれたのだから、これは大いに喜ばしい運びである。加えるにマザラン枢機卿とフランス王ルイ十四世まで、結婚証書に署名を入れたとなれば、これは側仕えの銃士隊長代理にしても、破格の名誉といわなければならなかった。華やいだ雰囲気のまま、正式な結婚式も一月後の四月三日に、パリのサン・タンドレ・デ・ザール教会で執り行われている。

夫婦別居

ダルタニャン夫妻はマラケ河岸で新婚生活を始めた。何度も改築されながら、今なお残る屋敷はマラケ河岸というより、後にヴォルテール河岸と名前を変えた西寄りに位置しているが、いずれにせよパリ左岸の堤防沿い、現在のオルセー美術館の並びである。ダルタニャン屋敷は近衛歩兵隊長になった五五年に、つまりはテュイルリー鳥舎管理隊長のポストを売却して、パリの住まいをなくした折りに購入したもので、相応の贅を尽くした三階建ての建物だった。住宅過密な王都では、薄暗い路地に面した家が圧倒的に多いわけだが、してみると、ダルタニャンはセーヌ河を挟んで、対岸にルーヴル宮を眺めるという贅沢な一等地に、屋敷を構えていたわけである。

この立身出世を誇るような邸宅に、ダルタニャンは名門出の妻を迎えた。子供も六〇年と六一年に相次いで二人産まれた。二人とも男の子である。幸福な家庭生活を謳歌したと、このまま結びたいのは山々なのだが、史実は思わぬ展開を示す。アンヌ・シャルロット・ドゥ・シャンルシィが来たばかりのパリを離れ、ほんの二年でシャロンに戻り、元のサント・クロワ男爵領に引きこもるからである。夫婦別居の決断が六一年の早い時期だと推定されるのは、七月五日付の次男の洗礼が、シャロンのサン・ヴァンサン教会で行われているからである。洗礼記録に次のような文章がある。

「一六六一年、七月五日、火曜日、拙僧はダルタニャン夫人の男の子供に、洗礼聖水で洗礼を施せり。男児は我らが教区において、一六六一年、同日、深夜一時ごろに産まれたものなり。男児は名前も儀式もなく洗礼されたり。聖堂参事会員にして教会の助祭、バルベイ、署名」

なんとも奇妙な洗礼である。いや、まだしも次男はキリスト教徒になれたが、パリで産まれた長男のほうは、同じく名前が与えられないばかりか、略式の洗礼さえ授けられていなかった。ダルタニャンの息子は二人とも、父親の死後の七四年に正式な洗礼を授けられ、そのとき名前も与えられているのである。

アンヌ・シャルロットの唐突な帰郷といい、一連の異常事態を我々は、一体どのように解釈するべきなのか。とりたてて事情もないのだから、別居の原因は月並ながら、夫婦の不仲に求めるしかない。が、どうして不仲になったのか、それが問うべき謎である。クールティル・ドゥ・サンドラスは偽回想録の中で、ダルタニャンに次のように述懐させている。

「小生ときたら、とんでもなく嫉妬深い女と結婚してしまった。ほとほと奥にも参るというのは、小生が外出しようとすると、すぐさまズボンに千人ものスパイを結わえつける勢いだからである。こんなことで時間を無駄にするなど、あまり感心しないことだし、小生にとっても有り難いことではない。行ってほしくない場所にばかり行くと、奥は一方的に決めつけるのだが、そんな埒もない叱責に耐えられるほど、小生は出来た夫ではなかった。小生たちは、しばしば大喧嘩になった。小生は遠慮がちながらも、忌憚なく思うところを伝えた。それでも奥は小生の訴えなど、断じて受け入れようとはしなかった。段々と事態は深刻になり、ある日のこと、小生は奥に詰問してしまった。小生が某夫人に会いに行くことに、おまえが某氏に会いにいくより、責められるべきところがあるのかと。このとき奥は、すぐさま馬に乗り、それきり僧院に引きこもってしまった」

故郷の自領と僧院の違いはあるが、夫人が家を出ていく件は共通している。もちろん、作家が無責任に書き連ねる他の恋愛沙汰と同様に、こうした記述の責任を、そのまま史実のダルタニャンに負わせることは気の毒である。が、浮気や不倫は珍しくないという当時の貴族社会の風潮からして、似たような状況を想定できないわけでもない。夫についてだけでなく、妻についても、である。

先に述べたように、アンヌ・シャルロットは幼子を連れ、さらに身重の状態で田舎の領地に下がった。当時の旅行の過酷さを考えれば、それ自体が常軌を逸した行動である。ために次男のほうは夫の種ではない、不倫の恋に落ちたあげくに妊娠したので、ダルタニャン夫人は都落ちしたのではないかと、そんな風に疑う説さえ提出されている。後々の経過まで加味すると、あながち邪推と片づけられない解釈なのだが、いずれにせよ、次男誕生の前には夫婦の間に深い亀裂が生じていたようである。してみると、我々は結婚直後の出来事に注目してみるべきだろうか。

ダルタニャンは史実として、結婚して間もない五九年の夏には、もうパリを離れている。国王ルイ十四世の結婚が、今度こそ決まっていた。相手はスペイン王女マリア・テレサ（マリー・テレーズ）で、二大王家の結婚式は六月九日、ピレネ山麓の国境都市サン・ジャン・ドゥ・リューズで挙げられることになった。これを機会に巡察を兼ねながら、フランス全土を行脚する旅に出たので、国王一行がパリに戻るのは六〇年八月のことである。護衛の任務を与えられ、全国行脚に同道して、ダルタニャンもマラケ河岸の屋敷を長く留守にしていた。ちょうど新妻が長男を身ごもっていた時期であり、もしかすると、アンヌ・シャルロットは馴れない大都会で、出産まで独りで経験したかもしれない。とすれば、怒り心頭に発したとしても不思議ではない。

ダルタニャンは模範的な家庭人ではなかった。むしろ典型的な仕事人間であり、マラケ河岸の屋敷には家を出た妻子はおろか、残された主人も多忙がすぎるあまり、ろくろく立ちよらなかったとされる。こんな調子なのだから、家庭をないがしろにする夫の態度に、アンヌ・シャルロットは我慢ならなかったのかもしれない。こんな調子なのだから、淋しくて、心細くて、浮気に走らざるをえなかったのかもしれない。

ひとまずはダルタニャン夫人の理由も納得できるのだが、一方ではダルタニャンにも同情を禁じえない。それが己の野心であるとしても、我らが主人公は仕事に励んでいたのだ。あるいは浮気もしたかもしれないが、それを含めてアンヌ・シャルロットは、もう少し我慢できてもよさそうなものではないか。

示唆を与えてくれるのは、ダルタニャン夫人の帰郷後の行動である。文字通りに自分の城と目して、アンヌ・シャルロットはサント・クロワ男爵領はじめ、数々の領地の経営に情熱を注いだ。さらなる相続権の主張、新たな領地の獲得、小作契約の締結と実に精力的なのだが、その過程で女領主は自分の親族を相手に、訴訟沙汰を際限なく起こしている。従兄弟にあたる一門の筆頭相続人ジャン・フランソワ・ドゥ・シャンルシィと、前夫の実弟アントワーヌ・ダマが主な相手だったが、この呵責《かしやく》ない法廷闘争が恨まれて、ダルタニャン夫人は自分の親族に村八分にされてしまった。その嫌われ方ときたら、一六八三年の十二月三十一日に亡くなり、八四年一月一日に男爵領内ノートル・ダム・ドゥ・ピティエ教会に埋葬されたとき、親族は誰ひとり参列しなかったほどである。

攻撃的な訴訟活動には、結婚生活の破綻に覚えた鬱屈も、確かに作用したものと思われる。が、アンヌ・シャルロットは土台が金持ち貴族の令嬢なのだ。さらに想像を逞しくするならば、自分の権利を断じて譲ろうとしない、潔癖な正論家という女の横顔が浮かんでくる。どうやらダルタニャン夫人は度を越えて、きつい性格だったようである。

4 フーケ事件

太陽王の時代

話は少し前後する。一六五九年十一月七日、フランスとスペインはピレネ条約を締結した。ともにドイツ三十年戦争に介入する形で始めながら、ウェストファリア条約後も二国間で継続することになり、あげくが二十四年の長きに及んだ戦争が、この条約で終結した。フランスはスペイン領から削り取る形でアルトワ、セルダーニュ、ルションの諸地方と、ティオンヴィル、モンメディなどフランドルの十一都市、さらにイタリア半島の玄関口ピニェロロ(ピニェロル)を獲得した。六〇年六月九日に挙行された、フランス王ルイ十四世とスペイン王女マリア・テレサの結婚も、この条約に和平の条件として盛りこまれたものである。スペインの天下は瓦解し、かわってフランスの時代が立ち現れた。それはマザラン枢機卿の完全勝利でもあった。

吝嗇家として私財ばかり蓄えたとか、身内ばかり高位高官に引き上げたとか、とかく悪口に悩まされる人物だが、このイタリア人は公平な目で判断して、フランスの国威高揚の紛れもない功労者である。驚嘆すべき活力で王家のために働き続け、ただ孤高の宰相は疲れた。実年齢でも六十歳を越えていたが、その風貌は常に十歳は余計に老《ふ》けて見えたといわれている。内に反乱を治め、外に仇敵を討ち、あとに磐石のフランスを残しながら、満身創痍のマザランが静かな今際《いまわ》のときを迎えたのは、一六六一年三月九日のことだった。

ダルタニャンには大恩人の死である。我らが主人公がマザランに捧げた忠誠心は、自分の出世の道を開いてくれるからと、そうした打算に終始したわけではなかったようだ。マラケ河岸のダルタニャン屋敷については前にも触れたが、その最上階の寝室にはマザランの肖像画が、太后アンヌ・ドートリッシュのそれと並べられて、終生かざられていたという。宰相枢機卿が亡くなるまで、ダルタニャンが近衛歩兵隊長のポストを売らずに持ち続けたという事実も、またオマージュの証といえるだろうか。

すでに実務は銃士隊長代理であり、留守がちな上官ヌヴェール公爵よろしく、自分の近衛部隊の指揮は隊長代理クロード・ドゥ・ラズィリィに任せきりになっていた。が、これは是が非でも隊長になりたいと、まげてマザランに頼みこみ、ようやく手に入れたポストなのだ。惜しげもなく手放して、潑剌たる若き国王の側仕えに専心したのでは、なんだか老いゆく宰相を冷淡に見限るようで、我らが主人公としても忍びなかったのだろう。といって、死後に持ち続けるのも、また辛い。枢機卿付の護衛隊で旗手を務めたメレという人物に、ダルタニャンが安値で近衛隊長の職を売り渡すのは、マザランの葬儀が済んだ直後の話だった。

しんみりとばかりもしていられない。歴史は休むことなく、前に進んでいくからである。マザランの死は他面で政権交代の狼煙《のろし》だった。いうまでもなく、誰が次の宰相の椅子に座るか、それが最大の焦点である。ひとまず国政は外交のリオンヌ、軍事のル・テリエ、財務のフーケの「三人組」で運営されることになった。そのうち最も有力と目されたのが、王国の財布を握る財務長官ニコラ・フーケである。

マザランに見出された敏腕家は、同時に華のある社交家だった。一六六一年八月十七日、フーケは国王一行を自分の領地ヴォー・ル・ヴィコントの邸館に招いて、贅を尽くした大園遊会を開催した。千夜一夜物語の宮殿を思わせる壮麗な邸館は、建築家ルブラン、造園家ル・ノートルという当代一流の気鋭が設計したものである。フーケは数多の文化人を後援するパトロンの横顔も持っていた。いざ食卓につけば、次から次と美食を究めた名人ヴァテルの料理が出され、胃袋を満たした後は野外劇場で、今度は世紀の喜劇王モリエールの新作が上演されるという運びである。華やかなりし大園遊会の模様は、お抱え詩人ラ・フォンテーヌの言葉で今日に伝えられている。

「ヴォーでは陛下の御楽しみのため、ありとあらゆるものが競いあう
音の調べが流れれば、負けじと水は先を急ぎ、
照明に火が灯されれば、隠されまいと星々も強く瞬く」

大園遊会の意図については諸説あるが、恐らくはマザランの後継たることを主張する、一種のデモンストレーションだったと思われる。ともに「三人組」を形作るリオンヌとル・テリエに、抜きん出た実力を誇示したわけだが、フーケの失敗は本当に神経を尖らせるべき二人の男を、まるで気にかけなかったことである。ひとりはフランス王ルイ十四世、その人だ

った。この上もない饗応に大いに満足するどころか、若き国王はヴォーから引き揚げるとき、苦々しげに呟《つぶや》いたと伝えられる。

「フーケ殿、今度は朕が貴殿を驚かせてあげよう」

豪壮華麗なヴェルサイユ宮殿は実のところ、ヴォー・ル・ヴィコントの邸館をモデルに建てられたものである。ルイ十四世も財務長官に劣らず華美を好む人物であり、しかも負けず嫌いだ。さりとて、理想の宮殿を王である自分より先に実現されたと、そんな子供じみた悔しさだけで気分を害したわけではなかった。ヴェルサイユ宮殿といえば、フランス絶対王政の象徴である。ルイ十四世とは「朕は国家なり」の名言を吐いた、あの「太陽王ルイ(Louis Le Soleil)」なのである。青年王の不機嫌は、むしろ政見の問題だった。すなわち、もう宰相は置きたくない。

ルイ十四世は親政を望んでいた。即位した五歳の頃は無論のこと、国王の成人年齢とされる十四歳でアンヌ太后の摂政が解かれた後も、なおマザランの後見なくしておれなかったが、もう二十三歳の立派な青年王である。宰相に任せるのでなく、全て自分の考えで決める。王の上には神を除いて、何人《なんぴと》もいるべきではない。この世界は太陽である自分を中心に回らなければならない。そうした政見を秘める若者の自尊心の高揚に、フランスの事実上の主の宴を思わせるヴォーの大園遊会は、無神経にも冷水を浴びせかけるものだった。フーケ殿、今度は朕が貴殿を驚かせてあげよう。屈辱を強いられたルイ十四世の返礼は、目ざわりな男の粛清に発展せざるをえない。

いよいよ太陽が高く登ろうとすれば、ようよう地味な日陰者にも光があたる。他でもない、コルベールである。フーケに財務長官のポストを奪われたと、この経済の専門家を自負する男は怨念にも似た嫉妬心を燃やしていた。几帳面な実務家は以前にもマザランに、フーケの公金横領を直訴したことがあった。宰相枢機卿は無視したが、これをルイ十四世が今になって、再び取り上げたのである。コルベールと共謀しながら、青年王はフーケ失脚の具体的な時期と方法を探り始めた。こんな主君に側仕えの銃士隊長代理として、ダルタニャンは絶対の忠誠を捧げることになっていた。

フーケ逮捕

一六六一年八月二十七日、国王一行はフォンテーヌブローの離宮を発ち、ブロワ、アンスニスと経由して、ブルターニュ地方の中心都市ナントに向かう旅に出た。全国三部会のほうは、一七八九年のフランス革命まで開催されないが、いくつかの地方では国王の課税に協賛

ニコラ・フーケ

する議会、すなわち地方三部会が存続していた。そのひとつがブルターニュ三部会だが、開催地のナントで議場に臨席するというのが、こたびのルイ十四世の目的だった。

　護衛は身辺警護隊と銃士隊のみだった。が、国王の行脚となれば、さらに随員は大臣、廷臣、侍従、料理番、厩番《うまやばん》、小姓等々と多数に登らざるをえない。その渡航費用全額を、ルイ十四世はニコラ・フーケに負担させた。財務長官なのだから、あるいは負担という表現は奇妙だろうか。先に見た官職売買の慣習にも顕著なのだが、十七世紀は一体に公私の区別が曖昧な時代だった。フーケが個人として持つ私財も、財務長官として扱う公金も一緒になっていたわけで、極論するなら、常に政府の予算を肩代わりするかわりに、国庫の収入を好きに懐に入れられるという寸法である。現地で搾り取ればよいと考えたのか、このときもフーケは出費を快諾して、国王のブルターニュ行に同道している。

　ナント到着は八月三十日のことだった。財務長官は同僚リオンヌと一緒に、市内のルージュ館を宿所とした。実のところ、フーケは長旅で発熱していたのだが、翌日には古のブルターニュ公家から王家が接収したナント城に、ルイ十四世を訪ねている。まずは御挨拶というわけだが、これを青年王も丁重に迎えた。懇《ねんご》ろに体調を案ずる言葉までかけながら、殺気だつ内心は露ほども気取《けど》らせない。大園遊会に覚えた不快感さえ表に出さず、そもそもが旅費全額を出させたというのも、頼りにしていますよと伝えることで、フーケに失寵の底意を悟らせない策略だった。

こうまで慎重な態度を報告すると、あるいは読者は首を傾げられるだろうか。ルイ十四世は全能のフランス王なのだから、いきなり御縄にすればよいではないかと。それが大臣であるとはいえ、どうして一人の男を逮捕するために、これほど慎重にならなければならないのかと。ここで二点を思い出していただきたい。第一は太陽王ルイの親政は未だ意欲だけの話であり、この時点では二枢機卿の執政の延長で、まだ宰相体制のほうが本流だという点である。高飛車に逮捕というが、それはリシュリュー、マザランの亡霊に喧嘩を売るような仕事だった。再び奇妙な表現になるが、これはフランス王自らが実行する、一種のクー・デタなのである。

現にフーケは危険きわまりない男だった。まずは財務長官の権能で王国財政を停止し、宮廷と官僚と軍隊を好きに飢えさせることができた。加えるに根っからの社交家、交際家である。そう言葉にしてしまえば、さほどの毒もないのだが、これはフーケが巨大な人脈を誇り、数多の郎党を従えるという意味である。次代の宰相であり、フランス最大のパトロンであると目して、すでに忠誠を捧げた輩は少なくない。その気になれば、すぐさま徒党を蜂起させて、財務長官は反乱の挙に出ることができたのだ。

第二点として、フロンドの乱を思い出されたい。ほんの十年しか経過していないのだから、内乱は遠い過去の出来事ではなかった。少なくともルイ十四世の脳裏には、少年時代に経験した恐怖が刻みこまれていた。現実に目を転じても、ボーフォール公、コンティ公、ロングヴィル公と反乱軍の首脳たちは未だ健在なのであり、なかんずく、その無罪放免をピレネ条約の一項とされて、コンデ大公が亡命先のスペインから帰国していた。これら不平貴族の領袖と実力者フーケが連帯すれば、ルイ十四世には勝ち目がないことになる。

デュマの小説に登場する要塞島、ベル・イール・アン・メールも空想の産物ではなかった。財務長官はブルターニュ沿岸の孤島を買い取り、私財公金ごちゃ混ぜに注ぎこんで、実際に巨大な要塞工事に着手していた。これが後の裁判で反逆罪の根拠とされるのだが、さておき、いざ公然と戦端が開かれれば、「アメリカ(カナダ、ルイジアナ、カリブ諸島の植民地のこと)副王」の肩書を持つフーケは、この拠点に私兵同然の海軍を集結させることもできたのだ。

フーケの反撃を封じるためには、土壇場まで気づかれずに、一気に決着しなければならない。ルイ十四世の慎重な演技の甲斐あってか、油断したフーケは致命的な軽挙に及んでいた。恐ろしき権勢家は最近まで、パリ高等法院の検事総長も兼任していた。法律上でも、手続き上でも検事総長の告発は、ほとんど不可能だったとされる。だというのに、フーケは些《いささ》かの金子と引き換えにアルレーという人物に売り渡し、この鉄壁の鎧を自ら脱いでしまったのだ。逮捕を速やかに行うために、あとは信頼できる実行者を選抜するだけである。

要人の逮捕といえば、従前は専ら国王身辺警護隊の隊長が、その実行役を演じてきた。近衛隊の中でも特に身辺警護隊(gardes du corps)というだけに、常に国王の身体(corps)から離れず、ために密室の決断を即座に実行に移せたわけだが、ルイ十三世時代にはヴィトリという暗殺さえ躊躇《ためら》わない果断な男が、身辺警護隊長を務めていた事由も見逃せない。ひるがえって、ルイ十四世時代の身辺警護隊長はジェスヴル公爵という人物だった。筋の良い貴族の末裔であるが、大胆な行動力には欠けていた。郎党というほど深い関係ではないながら、かねてフーケの友人として知られた人物でもあり、逮捕の実行者としては不適格と退けざるをえない。

それでも、ルイ十四世は慌てなかった。あらかじめ、あてがあったからである。広く知られた史実なので、デュマも踏まえているように、フーケ逮捕の実行役を命じられたのは他でもない、シャルル・ダルタニャンだった。いまだ銃士隊長でなく、また逮捕といえば銃士隊長と相場が決まるわけでもなかったが、なるほど、かつてのマザランの腹心はフロンドの乱を潜り抜けた文句なしの実力派である。頑固なガスコンは、その忠誠心も確かだ。平素の働きぶりから推しても、信頼できる男なのだ。

九月一日、木曜日、我らが主人公はナント城のルイ十四世に呼び出された。なんとか応じたものの、ダルタニャンも具合が悪く発熱していた。王は体調を整えるよう命じて、その日は宿所に下がらせた。金曜日、土曜日と療養に努める間に、ブルターニュ三部会は滞りなく開催された。ルイ十四世が陪席する議場で、財務長官ニコラ・フーケは地方議会から三百万リーヴルの上納金を引き出してみせた。

九月四日、日曜日、今度こそ体調を整えて、ダルタニャンがナント城を訪ねたのは昼頃のことだった。ルイ十四世は回廊にいて、廷臣たちと閑談の最中だった。銃士隊長代理の姿をみつけると、快癒を喜ぶような言葉をかけながらも、目で合図して自室に招く。このとき若き国王は、自ら後ろ手に扉を閉め、二人きりの密室にしたという。ダルタニャンがフーケ逮捕の意志を明かされ、その実行役を命じられたのは、この密室での話だった。

王国で最も権勢ある人物を逮捕する。国王さえ恐れなければならない男の身柄を拘束する。ダルタニャンは仰天したに違いない。ルイ十四世は続けて、ル・テリエを訪ねるよう指示した。陸軍大臣の部屋に行くと、秘密が外に洩れないようにと複写係が監禁されており、その働きでダルタニャンのためにも書類一式が用意されていた。まずもって、ニコラ・フーケの逮捕状は次のようなものだった。

「王権は熟慮をもち、財務長官フーケ卿の身柄を拘束することを決断した。騎馬銃士隊長代理ダルタニャン卿に命令し、また命令するであろうことは、フーケ卿を逮捕し、その身柄を王が文書で命じた場所に首尾よく、かつ確実な警護で連行する任務である。なお道すがら前述のフーケ卿が肉声であれ文書であれ、余人と意思の疎通を図ることのないよう、注意を怠らないこと。ナント、一六六一年九月四日、ルイ署名」

逮捕状にいう「文書」を用いて、ル・テリエは具体的な逮捕の段取りを明かした。大要は次の通りである。決行は九月五日、月曜日、ルイ十四世の誕生日の朝。国務会議を終えたフーケがナント城を出たところで逮捕する。身柄を拘束したら、ダルタニャンは五、六人の銃士を伴い、すぐさま城内の侍従棟まで連行する。なお警戒のために侍従棟の周囲の生け垣に銃士隊を整列させる。また銃士隊長代理の体調が再び悪化する事態に備え、身辺警護隊の二人の下士官、デスクラヴォーとモーペルテュイが待機する。速やかな護送の手配を行い、同時にフーケの急使を足止めするため、事前に分隊長以下十人の銃士をアンスニスに派遣しておく。いきなり明日の決行ということで、ダルタニャンは命令文書を繰り返し熟読しながら、同時に事態の急変を見逃さないため、すぐさま銃士小隊をルージェ館の近辺に送りこんだようである。

他方のニコラ・フーケといえば、日曜日ということで教会のミサには出たが、それきりルージェ館から動かなかった。ダルタニャンと交替に体調を崩し、また熱を出したらしい。午前のうちにコルベールに訪ねられ、財務長官は海軍予算を振り出している。午後には国王に遣わされたブリエンヌから、明日の国務会議は朝の七時だと告げられた。特に裏を読む様子もなく、異例に早い召集にフーケが出席を確約したというのも、王は朝食のあとに銃士隊の面々と狩猟に出ると、すでに数日前に発表されていたからだった。

財務長官の無警戒は、やはりルイ十四世の用心の賜物なのか。発熱のために意識朦朧とした憾《うら》みか。それとも次代の宰相を自認する男の奢《おご》りというべきなのか。実際のところ、フーケは警告されていた。このあたりが宮廷に人脈を誇る男の強みなわけだが、日曜日の夜のうちに数人の来訪を受け、銃士隊が界隈を巡回している、不穏な気配があるから一刻も早くナントを出て、ベル・イールに逃れるべきだと、熱心に勧められていたのである。

せっかくの警告をフーケが一笑に付す間にも、ダルタニャンは夜を徹して、着々と準備を進めていた。明けて九月五日、決行当日の朝、六時にはナント城の配置が完了した。城外に面する門に銃士隊は騎馬で整列。うち二十人は徒歩で城内の中庭に進み、さらに別な二十人は都市側に面する門に待機。銃士隊長代理には常に五、六人の銃士が付き添う。かくて態勢が整えられたナント城に、リオンヌ、ル・テリエ、コルベール、ブリエンヌ、ブーシュラ、フーケと参加者は続々と集まり、予定通りの七時には国務会議が始まった。会議は平常通りに進められ、しかるのちに散会の運びとなる。

コルベールとリオンヌが最初に部屋を辞した。ル・テリエは何も知らないブーシュラに、いきなり殴り書きの小片を渡して、果たすべき使命を告げた。急ぎフーケの宿所を封鎖しろ。首謀者のルイ十四世といえば、自らの振る舞いを同日の夕方に書いた手紙で、次のように太后アンヌ・ドートリッシュに報告している。

「今朝、いつも通りに朕の側で仕事を果たすため、財務長官はやってきました。あれやこれやの手を使い、朕は彼の者を側に留め、なにか書類を探すようなふりまでしました。それも朕の執務室の窓から、城の中庭にいるアルタニャンの姿を確かめるまでのことでした。確かに配置についていたので、朕は財務長官を退室させました。彼の者は階下で少しラ・フイヤードと話してから、この男がル・テリエ卿に挨拶している間にいなくなりました」

このラ・フイヤードという人物だが、実はフーケの郎党という素性である。無意味に挨拶を長引かせ、それ自体が無難に財務長官を逃がすための、ル・テリエ牽制に他ならない。ダルタニャンは困惑した。最後の確認として、陸軍大臣が合図をよこすはずだったからだ。それがラ・フイヤードと話しこんで、とんと送られてこない。ルイ十四世の手紙は続けている。

「哀れなアルタニャンは計画が頓挫したのだと思いこみ、モーペルテュイを朕に遣わせ、どなたか彼の者のために放免を働きかけたのでしょうかと聞いてきました」

また別な史料によると、ルイ十四世はモーペルテュイを怒鳴りつけた。ダルタニャンに言え。なんとしても、あいつを捕らえろと。さもなくば、朕が出向いて、この手で捕らえてくれる。伝えられて、銃士隊長代理は血相を変えたに違いない。すでにフーケはナント城を後にしていたからである。まんまと逃げられた。が、ダルタニャンは挫けず、すぐさま馬に跳び乗ると、十五人の銃士を連れて追跡に出た。

史実はデュマが描いたような、鬼気せまる猛追というほどではなかった。財務長官の駕籠は御追従の郎党だの、なにか頼み事を抱えた宮廷人だのに囲まれて、ゆるゆるとしか前に進めなかったからである。再びアンヌ太后に報告する、ルイ十四世の手紙に戻ろう。

「あの男は(サン・ピエール)大聖堂広場で彼の者に追いつきました。朕の名代として、彼の者を逮捕したのは正午くらいのことです」

ダルタニャンは逮捕状を提示して、フーケの身柄を拘束した。銃士隊長代理の活躍を伝え聞いて、身辺警護隊長ジェスヴル公爵は手柄を奪われた悔しさから、次のように吐き捨てたといわれている。小生は実の父でも逮捕したろう。ましてや優れた友人ごとき……。

フーケ護送

マザランの後継といわれた男が囚人の身に落ちた。が、あまねく世人がジェスヴル公爵のように薄情で、すぐさまフーケを見捨てたわけではなかった。アンヌ太后にあてたルイ十四世の手紙は続けている。

「朕は貴女に言い忘れておりました。朕は朕の銃士たちを、ソーミュールに至るまで、全ての大きな街道に派遣しました。パリに向かう急使を、ことごとく発見次第に逮捕させるためであり、また朕が貴女に送る手紙より早くは、どんな知らせも届かないようにするためです」

フーケ郎党の反撃が予想されていた。わけても実弟バジル・フーケを中心とするパリの一派に知られれば、家宅捜索に及ぶ前に重要証拠を隠されたり、あるいは旧反乱軍の指導者たちと接触を計られたりと、先手を打たれる危険があった。先に引いた逮捕状にもあるように、ダルタニャンの仕事も逮捕で終わりになるわけでなく、かえって護送のほうが難題だった。同じくフーケの郎党が万策を尽くして、身柄の奪還を試みるだろうからである。

最初の投獄先はアンジェと指定されていた。逮捕劇に興奮する人々の目を避けて、逮捕現場に近い民家に財務長官を隠すや、ダルタニャンは直ちに出発することを決めた。いったんナント城に身柄を移す予定だったが、軍曹サン・マールを遣わせると、国王の許可も得られた。鉄格子窓の馬車を走らせ、急ぎナントを離れながら、かくて護送の旅は始まる。

モーヴ村で麾下の銃士隊と合流すると、さらにウードン村まで進み、ここで手配した宿所の夜、ダルタニャンは財務長官にベル・イールの無血開城を説得したらしい。フーケは指揮官ノワイエ宛に手紙を書き、これが助手モーペルテュイに託されて、ルイ十四世の手元に届けられた。近衛フランス歩兵十部隊と近衛スイス歩兵三部隊が派遣され、十五日後にはベル・イールの制圧が達成される。デュマが『ブラジュロンヌ子爵』の山場としたような籠城騒ぎは、速やかに回避されたのである。

九月七日、ダルタニャン一行はアンジェに到着した。指定の投獄場所はアンジェ城だが、これが円柱塔を十基も並べる中世様式の城郭だった。厳《いかめ》しい古臭さで、今日でこそ観光名所になっているが、当時は過去の遺物として放置され、ほとんど廃墟に近い状態だったという。世辞にも快適な獄舎とはいえない。哀れを覚えたか、ダルタニャンは病み上がりの財務長官が苦しまないように、心を尽くして部屋を整えた。九月十七日付の手紙で、我らが主人公は首謀者のひとり、コルベールに訴えている。

「国王陛下が小生にフーケ殿を逮捕するという名誉を与えてくだすったとき、ルイ金貨百枚を貴殿から受け取るようにいわれておりますし、また命令書にも同様のことが書かれています。また小生がル・テリエ殿に申し上げましたように、小生は手元不如意でありまして、この調子ですと、専ら金策に忙殺されることになりそうです。小生は直ちに銃士一名を貴殿に遣わせますので、貴殿が渡してくれますれば、そのものが金子を受け取ります。また余儀なくされた出費の領収書も提出することができます。というのも、小生は彼の御仁(フーケ)のために多少の食器を買いました。お休みいただいた寝台が具合悪いということで、小生の寝台も貸してあげました。ために小生は寝台を別に求めなければならなかったのです。小生の独断とはいいながら、彼の御仁には買い与えて、必要と思われる諸々の家具も使わせております」

コルベールの渋い顔が浮かんでくるようである。ダルタニャンときたら、これではフーケの忠僕のようではないか。が、これは我らが主人公の義俠心の発露にすぎず、なにも財務長官の陣営に寝返ろうというわけではなかった。その気があるなら、コルベールに手紙など書かない。軍人として命令には従うが、個人としてフーケに恨みがあるわけではないと、このあたりはデュマが描き出した通り、史実のダルタニャンも人間味あふれる男なのである。

事実、我らが主人公は少しも仕事を怠けなかった。囚人の尋問のため、たびたび獄舎を訪ねた書記フーコーは、その『回想録』で現場を次のように述懐している。

「フーケ殿は監禁はじめの数日は落ちつかず、また大いに落胆されておりました。手を尽くして牢番を買収しようとしたり、情報を得ようとしたりするのですが、ことごとくがダルタニャン殿の並外れた配慮と勤勉の前に無駄に終わったのです。他面では気づくかぎりの厚遇を囚人に与える方なのですが」

銃士隊長代理の仕事ぶりにはルイ十四世も満足したらしく、囚人警護の任務も三カ月目に突入した十一月二十一日付の手紙で、次のように伝えている。

「ダルタニャン殿、朕が命じたフーケ卿の身柄の警護のために、今日まで貴殿が示した配慮の数々には大変に満足しております。そこで、そろそろ貴殿を解放してさしあげようと思うのです。この手紙を朕は貴殿に、ほどなくペリッソンがアンジェに到着することを教えるために書いたわけですが、貴殿は受け取り次第に麾下の朕の銃士隊総員を連れて、ペケという名の医師と彼の者に同道する下僕、さらにペリッソンごと、フーケ卿の身柄を移送するべく、まっすぐアンボワーズに向かってください」

ちなみにペリッソンとは財務長官お抱えの詩人である。秘書のような仕事もこなしていたために、ナントで逮捕されていた。国王の指示に従い、その身柄を軍曹サン・マールに連行させると、十二月一日、ダルタニャンと護送隊はアンジェ城を出発した。その日のうちにソーミュールに、二日にはラ・シャペル・ブランシュに、三日にはトゥールに立ち寄りながら、移送の旅は順調に進んでいく。

トゥールでは財務長官の来訪を聞き、重税に恨みを抱く民衆が暴動を起こす気配があった。が、ダルタニャンは早朝三時に出発して、夜明け前にはアンボワーズに到着するという機転を働かせ、これを見事に切り抜けている。待機していた身辺警護隊の旗手タルエに、無事フーケの身柄を引き渡したのは十二月四日のことだった。ペリッソンの移送先はパリと指定されていたので、そのまま王都の道を辿り、バスティーユ要塞に到着したのが十二日である。

詩人の身柄を元同僚の総督ベズモーに引き渡し、これで我らが主人公は三ヵ月に及んだ大仕事から、遂に解放されたわけである。

フーケのほうは十二月三十一日、アンボワーズからパリの東郊外に鎮座するヴァンセンヌ城に、さらに身柄を移された。このとき、哀れな財務長官は再び病床に伏せている。新たな警護役タルエは、囚人扱いが乱暴だったからである。のみならず、ヴァンセンヌ城代マルサックと喧嘩騒ぎを起こす始末であり、不安を覚えたルイ十四世は優れた手腕を示した銃士隊長代理のことを、思い出さずにいられなかったようである。

仕事人間は実力を誇示するほど、休息など得られなくなる。年が明けた一六六二年一月四日、ダルタニャンと五十人の銃士はヴァンセンヌ城で、再びフーケ警護の任務に着いた。脱獄も陰謀も起こらないよう、外部との連絡は完全に絶ち、囚人に許された面会には必ず立ち合い、家族に限り許された手紙も全て検閲する。不穏な気配を示した者は、かたっぱしから逮捕する。買収に応じることのないよう、麾下銃士の規律に目を光らせる。ひとつの例外も許さない厳格な警護を実現すると同時に、家具を整え、衣類を求め、食事に気を配り、慰みの宗教書を与え、またミサまで受けられるよう計らいながら、あくまでも囚人は丁重に扱うという、例のダルタニャン流の仕事が再開する。

警護は不断の緊張を求められる重労働だが、これが思いのほかに長引いた。フーケの弾劾裁判が長引いたからである。反逆罪での告訴などは、証拠不十分で早々に取り下げられた。残る罪状は公金横領だが、こうした財務長官の犯罪は通常の裁判所では裁くことができず、それを扱うために例外的に設置される、特別裁判所で裁かれることになった。フーケ一族が財力に物を言わせて、当時の法曹界に名を馳せた敏腕弁護士ロスト、オザネの二氏を擁して法廷闘争を戦えば、郎党は精力的に檄文を撒いて歩き、パリの世論を味方につける。先に述べた通り、土台が公私の区別が曖昧な時代であり、それを公金横領というならば、政府関係者は一人残らず服役するべき話になるのだ。

1670年ごろのバスティーユ

　裁判は難航した。展開にルイ十四世は苛立ち、またコルベールを青ざめさせたが、その間もダルタニャンは淡々と仕事を続けた。感情を高ぶらせたとするならば、また別なレベルでの話である。

　一六六三年六月二十日、特別裁判所がパリの王立武器庫に置かれると、公判の都合から囚人も程近いバスティーユに移送されることになった。マザラン時代からの同僚ベズモーが、総督として管理する施設なわけだが、ここでもダルタニャンと銃士隊が、引き続きフーケ警護の任を担当することになった。ルイ十四世は要塞総督を信用せず、実績ある銃士隊長代理のほうを評価したわけだ。ベズモーとしては面白くなかったらしい。出世競争で張りあう感情を別にしても、ダルタニャンには麾下の兵団を引き連れられて、文字通り自分の城に、ずけずけ上がりこまれるのだ。

ヴァンセンヌ城のタルエとマルサックのように、公然と喧嘩騒ぎを起こさないまでも、二人の旧友は険悪な関係におちいった。その滑稽な表現が、関係者に供する御馳走競争だった。特別裁判所の判事の一人で、たびたびバスティーユを訪れたパリ高等法院評定官、オリヴィエ・ルフェーヴル・ドルムソンも『日記』に書いている。

「(一六六四年の)聖週間の四月七日、月曜日、午前はバスティーユで仕事。特記すべき事由なし。小生はベズモー殿のところで食事。ダルタニャン殿は同席を好まず、また小生がベズモー殿に寄ることを快く思わず、事務員に食事を与えてしまう」

「復活祭後の四月十七日、木曜日、午前はバスティーユに回り、仕事。ダルタニャン殿のところで食事。大変な御馳走でもてなされる」

どちらの昼食が美味だったのか、いずれにせよ、現下の大事に係わる話ではない。話をフーケに戻せば、その後も身柄の移送は転々と繰り返された。六月に特別裁判所がフォンテーヌブローに移れば、囚人も程近いモレ城に連行され、八月にパリに戻れば、再びパリに移され、たびごとにダルタニャンと銃士隊は行動を共にした。もう逮捕から三年であり、我らが主人公とフーケの間には一種の友情さえ芽生えていたようである。

次のような逸話が伝わっている。財務長官の身柄を再びバスティーユに収監した八月十四日のこと、護送隊は群衆が沿道を埋めつくすパリの道々では、決して立ち止まらないようにと命じられていた。馬車が停止した隙に郎党が接触を計る恐れがあるからである。それはシャラントン通りにさしかかったときだった。子供たちを連れて、フーケ夫人が来ていた。もちろん命令が下されているからには、馬車を停めることはできない。そのかわりにダルタニャンは馬車の速度を落とさせと指示した。ゆっくりゆっくり進む車室の扉口で、逮捕から一度も顔を会わせていない夫婦に、親子に、束の間の抱擁の機会を与えたのだ。字面の命令に居直るような暴挙に及んで、我らが主人公は政府要人に睨まれる危険さえ省みなかった。史実のダルタニャンも作中人物に負けず、なかなかの勇気の持ち主だったようである。

実際のところ、この顛末を伝え聞いて、コルベールは激怒した。見苦しいほど狭量になるというのも、フーケ裁判が被告の有利に運んでいたからである。十二月二十日、特別裁判所は公金横領の罪を認定しながら、極刑を免除して、国外追放と財産没収という判決を下した。法廷では判事団の意見が二分して、その最終票決では、死刑を主張した判事サント・エレーヌの支持が九票、これに反対した判事オルムソンの支持が十三票という結果だった。フーケの家族、郎党、友人は一様に歓喜した。一方でルイ十四世は激昂しながら、大声で「死刑でないなら、朕が手ずから殺してやる」と叫んだといわれている。

激昂おさめて、若きフランス王は巧妙な手段に訴えた。国王の恩赦をもって、特別裁判所が下した追放刑を終身禁固に減刑するというものである。しかも服役場所というのが、アルプス山脈の彼方に鎮座するイタリアの入口、フランス統治下の都市ピニェロルの城砦だった。寒風ふきすさぶ僻地で、行動の自由を完全に奪われ、要するに事実上の死刑である。十二月二十二日、フーケの護送馬車に同乗したのは、またしてもダルタニャンだった。百人の銃士が前後を囲み、とうとう最後の最後まで我らが主人公に任された。ピニェロル到着は再び年が明けた、六五年一月十六日のことだった。

牢獄で一行を迎えたのは、ベニーニュ・ドーヴェルニュ・ドゥ・サン・マールだった。銃士隊の元軍曹は近衛隊長のポストを与えられると同時に、ダルタニャンの推薦で新たにピニェロル要塞総督に任じられていた。改めて、ルイ十四世の信任の厚さが窺える。フーケに関するかぎり、とことんダルタニャン頼みなのである。となれば、なにか裏があるのではないかと、急に勘繰りたくなる。

いうまでもなく、フーケはフランス政界の内幕を知り尽くした男だった。ルイ十四世の慎重な逮捕計画も、一説には国家機密の漏洩を恐れたためだといわれている。こういう危険人物と係わる過程で、もしや我らが主人公も政界秘話の類を耳に入れたのではなかったか。後日談になるが、ダルタニャンの死後に遺族がマラケ河岸の屋敷を開けると、金庫に厳重に保管されて、国王だの、大臣だの、要人の署名が読み取れる公文書の一群が発見されたという。急ぎコルベールが差し押さえたので、その内容は知れないが、フーケ事件に関する書類に違いないというのが、専《もっぱ》らの見方である。

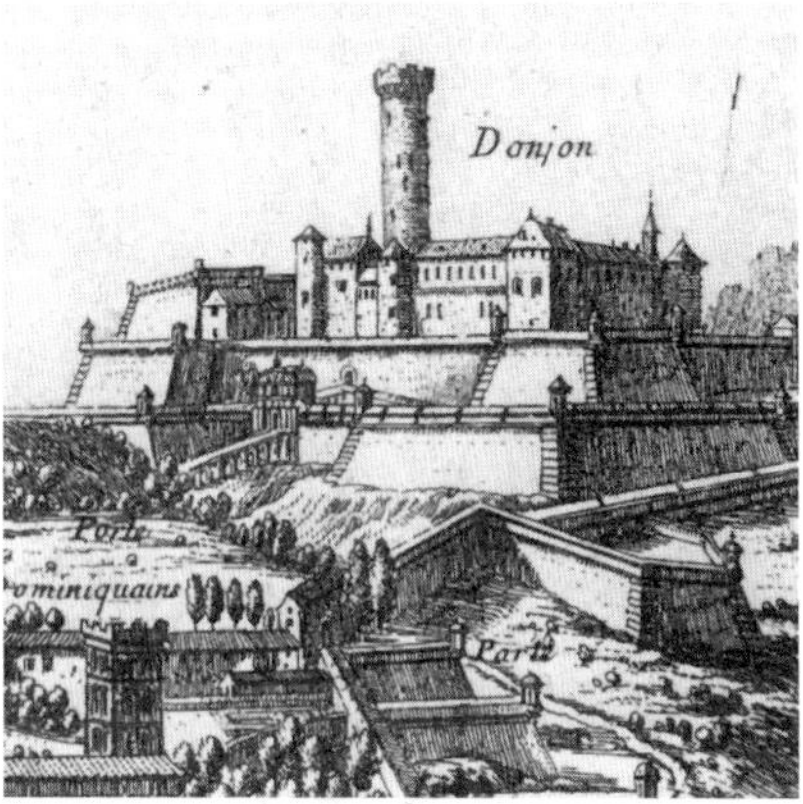

ピニェロルの塔

とまれ、フーケ事件にかかわって、かれこれ三年余りに及んだダルタニャンの特命も、これで本当に終了である。書簡体小説でルイ十四世時代を活写したことで知られる、かの才媛セヴィニェ夫人の言葉を借りれば、我らが主人公は今や「王には忠義あり、かつ護送する囚人には人道あり」と世に絶賛される、ちょっとした英雄なのである。その勇気あふれるエスプリには、残されたフーケの郎党も拍手喝采を惜しまなかった。それは他面で財務長官を追い落とした張本人、コルベールの恨みを買う風向きでもあったのだが……。

5 銃士隊

精鋭部隊

このへんで銃士隊について、いま少し詳しく触れておきたいと思う。銃士隊が近衛隊に属したことは、すでに述べた。銃士隊(mousquetaires)は直訳すると、「マスケット銃兵隊」になるわけだが、そもそもがアンリ四世が設置した火縄銃兵隊に、ルイ十三世が一六二二年になって、新たにマスケット銃(mousquet)を装備させたことが、その歴史の始まりである。

銃士隊長にモンタラン、トレヴィルと続いたあと、四六年にマザランが解散の処断を下したこと、その甥フィリップ・マンシーニを新たな銃士隊長として、五七年にルイ十四世が再興したことも前記している。国王の側仕えは火縄銃、マスケット銃と、時々の最新兵器を装備したわけだが、ダルタニャンが銃士隊長代理となる頃までには、マスケット銃など珍しくもない軍隊の標準装備と化していた。現に銃士隊はカービン銃、小型銃、短銃などを携帯しており、「マスケット銃兵隊」などという名前は、もはや現実離れした因習との誹《そし》りを免れない。が、因習として残るだけの、権威を獲得していたことも事実である。

最初に指摘するべきは銃士隊の特殊な性格である。それが近衛隊であれ、地方の軍隊であれ、はたまた民兵隊であれ、外人傭兵隊であれ、通常は騎兵と歩兵に大きく分けられるものだが、この区別が銃士隊の場合は曖昧だった。騎兵に分類されたり、歩兵に分類されたり、書類上で紆余曲折を経たあと、一六六五年十月から全く異例の扱いで、銃士隊には二様の軍旗が与えられることになった。すなわち、騎兵隊旗と歩兵隊旗の二様であり、これは臨機応変に騎兵としても、歩兵としても働ける部隊であることを示している。騎馬で良し、徒歩で良しと万能の実力を備えた猛者でなければ、やはり晴れの銃士にはなれないのだ。金銀の飾り紐で縁取られた白サテンに、城砦に振り落ちる砲弾のエンブレムと「落ちたが最後、御命ちょうだい(Quo ruit et lethum)」の銘句が描かれた二軍旗は、左右に並び掲げられることで、それが抜きん出た精鋭部隊であることを、世に広く知らしめていたのである。

また銃士隊の特殊性は指揮命令系統にも現れる。少し話は逸れるが、近衛隊は大きく宮廷内警備隊と宮廷外警備隊に分けられていた。この分類では銃士隊は後者に入る。国王の側仕えといいながら、宮廷内警備隊、例えば前にも触れた身辺警護隊などのほうが書類上では、いっそう国王に近いようにみえる。が、銃士隊が特別なのは、物理的というよりも心理的な距離において、国王に非常に近いからなのだ。他でもない、銃士隊の隊長ポストには、国王自らが就任する慣例だった。厳密にいえば、この部隊では王を除いて何者も隊長に昇進することはできず、銃士が登れる最高位は隊長代理(lieutenant du capitaine)までだった。

とはいえ、国王自らが現場で指揮を執るはずもなく、この隊長代理も他の将校と同じように、部隊の実務全般を任された。ために銃士隊の指揮官は、しばしば「代理隊長(capitaine-lieutenant)」という、特殊な呼称で通称された。他の部隊の隊長代理にあたるポストも、正式には「隊長代理補(sous lieutenant du capitaine)」である。まぎらわしいので、本書では「代理隊長」を銃士隊長と、「隊長代理補」を銃士隊長代理と、他の部隊の位階に準《なぞら》えて統一するが、さておき、ここで特筆するべきは、国王を隊長に頂き、国王に直属するという、銃士隊の特権的な位置づけである。

近いといえば、これほど近い部隊もない。にもかかわらず、銃士隊が宮廷外警備隊に属するのは、職場を限定されない機動力で、縦横無尽の活躍を期待されたからだった。騎兵、歩兵と問わずに求められる臨機応変な能力も、こうした事情と無関係ではない。普段は専ら国王の側仕えだが、すでに上で見てきたように、ときに要人の逮捕や警護の任を課せられ、あるいは下で触れるように、全軍の範となるべく戦場に出ることもあった。国王を頭に頂き、まさに国王の手足なのであり、こうなれば、銃士隊が権威ある精鋭部隊とされる向きも当然の運びである。

実際、銃士隊は同じ近衛隊でも、格上の部隊だとみなされていた。それが証拠にダルタニャンは五八年、すでに近衛隊長の位にありながら、銃士隊長代理の抜擢を喜んでいる。一段下の役分(正式の「隊長代理補」とすれば、一段下の役分)とすれば、それを昇進というには違和感を覚えざるをえないのだが、それでも銃士隊のポストならば、やはり栄転というべきなのだ。銃士隊長代理の地位が近衛隊長より上だというのも、平の銃士のほうが近衛隊長代理と、ときには近衛隊長と同格だったからである。説明を加えなければ、あるいは将校連中に失礼というものだろうか。

これはモンタラン時代、トレヴィル時代より、いっそうダルタニャンの指揮下で顕著になる傾向なのだが、銃士隊は将来を嘱望される貴族子弟が集まる、一種の士官学校の役目を担わされていた。通常の経過を描けば、まず若者は十六、七歳で銃士となり、それから三、四年ほど現場で軍務を学んでから銃士隊を辞め、将校や下士官として他の部隊に出ていく。ある者はパトロンの推薦で、ある者は実家の経済力で、ポストを手に入れる手順自体に変わりはないが、かつて銃士隊にいたといえば、歴とした有資格者とみなされ、部下たちは仮に反感を抱こうとも、相応の敬意を払わざるをえなかったというわけである。

もちろん、銃士隊に残りたければ、あるいは諸々の事情でポストに恵まれなければ、そのまま残留することもできた。この場合は歩兵隊旗手(enseigne)、騎兵隊旗手(cornette)、軍曹(maréchal des logis：六人)、分隊長(brigadier：四人)、班長(sous brigadier：十六人)という下士官に昇進したり、財務官(trésorier)、補給係(fourrier)、太鼓手(tambour)などの役職に就くこともできた。平銃士のままでも年齢が上がれば、一種の階級として「古参(ancienneté)」の称号が与えられた。将来性を云々するより、精鋭部隊そのものが権威なのであり、青いカサック外套の前後左右に白十字架という銃士隊の制服には、王国中の若者が羨望の眼差しを注いだといわれている。いや、銃士が乗り歩く馬にしても、見事な白馬で総員揃えられていた。かかる集団の美を誇る壮麗な騎馬パレードをみせられれば、今度はフランスを訪れる賓客が、故国で話題にしないわけにはいかない。銃士隊の評判は国境を越え、エリート部隊の雛型として、ヨーロッパ各国で模倣されたほどだった。

そろそろ話を我らが主人公に戻そう。ダルタニャンは五八年から銃士隊長代理として、かくも栄《は》えある精鋭部隊を率いていた。銃士隊長ヌヴェール公爵の不在において、事実上の最高指揮官であり、ルイ十四世の気分としても、銃士隊は専らダルタニャンに属するものだったようだ。それが証拠に国王は一六六一年、銃士の住居をダルタニャン屋敷に程近い、パリ左岸のサン・ジェルマン城外市に指定している。

ちなみにデュマの作中人物がボナシュー氏のところに下宿しているように、当時の近衛兵はパリの旅籠《はたご》や下宿屋に自分で住まいを求めていた。銃士隊の兵舎が建設されるのは、七一年から世紀末にかけてだが、この二棟の四階建ての建物もパリ左岸の、サン・ジェルマン・デ・プレ街地通り(現在のバック通り)に造られている。隊長代理のマラケ河岸の屋敷は同じ通り沿いであり、兵舎とは南北で並ぶ位置関係になる。

苦労続きの人生も齢五十を数え、ようようダルタニャンも人生の春を迎えた。今や銃士隊の栄光を独占する格好かと思いきや、そうそう順風満帆には行かないものだという話を、以下では続けなければならない。

白黒の競合

ときに銃士隊の兵数だが、一六二二年の創設時で定数百人、五七年の再興時で百二十人、それからダルタニャンの麾下で三百人にまで増えるが、六三年に定数二百五十人と定められ、膨張に幾らか歯止めがかけられた。実数としては、一時は三百三十人規模にまで増え、定数削減後も二百八十人規模を維持したようである。いずれにせよ、ルイ十四世の軍備拡張政策の線上で、銃士隊の兵数も増加傾向にあったが、こうした数字などは、まだ半分でしかなかった。もうひとつ別に銃士隊が存在したからである。

ここでデュマの『三銃士』を思い出していただきたい。ダルタニャンの喧嘩相手といえば、ほとんど常に枢機卿の護衛士だった。所詮は想像の産物かと思いきや、こうした図式が史実にないわけではない。国王の近衛隊とは別に枢機卿の配下にも護衛隊が、わけても隊長フランソワ・ドゥ・カヴォワの麾下に銃士隊が組織されていたからである。この場合の枢機卿とはリシュリューのことだが、後任のマザランも自分専用の護衛隊を作り、一六五〇年には銃士隊も組織している。宰相がスペイン使節との和平交渉に臨んだとき、護衛のために随員して、こちらは枢機卿の僧衣の色に合わせた深紅のカサック外套で高い評判を得たものだが、晩年のマザランは遠からぬ自分の死を覚悟したのか、一六六〇年に部隊をルイ十四世に委譲している。元来が枢機卿の私的な護衛隊だが、六五年に正式に宮内庁に組みこまれ、既存の精鋭部隊と合わせて、フランス王の近衛隊には二銃士隊が並立することになった。

両者を区別するため、旧国王付が一番隊、旧枢機卿付が二番隊とされた。一番隊が「大銃士隊」と、二番隊が「小銃士隊」と呼ばれることもあった。ここで加えておきたいのは巷に流布した、また別な通称のほうである。派手好きな国王の美意識で、一番隊は総員が白馬もしくは葦毛馬で揃えられ、対するに二番隊は黒馬で揃えられた。こうした馬の体毛の区別で、大銃士隊は「白銃士隊」もしくは「灰銃士隊」と、小銃士隊は「黒銃士隊」と呼ばれたのである。白黒の色分けは、一番だの、二番だの、あるいは大だの、小だのと、差をつけるような区別は口惜しいということだろうか。

すでに触れてあるように、一番隊の隊長はヌヴェール公爵で、事実上の指揮官は隊長代理ダルタニャンである。他方で二番隊の隊長は、フーケ事件の流れで登場した短気なヴァンセンヌ城代、マルサック卿が兼ねていた。六五年一月一日、このポストを購入したのが、マーレヴリエ伯爵エドゥアール・フランソワ・コルベール・ドゥ・ヴァンディエールこと、今や財務総監として大臣の椅子に座る、ジャン・バティスト・コルベールの実弟である。実をいえば、二番隊が正式に宮内庁管轄になるのも、小銃士隊が黒馬で揃えられて精悍《せいかん》な異名を獲得するのも、この隊長交替を機会に行われた改革なのである。

とくれば、早くも嫌な予感がある。ともに銃士隊の指揮官として、ダルタニャンとコルベール・ドゥ・ヴァンディエールが並び立ち、さしあたりの問題は両者の上下関係だった。指揮命令系統は、一番隊の優位を認める形で定められた。すなわち、同位であるなら、一番隊の指揮権が優先するという定式で、二番隊の隊長代理モンブロン伯爵しかいなければ、一番隊の隊長代理ダルタニャンの命令が優先することになる。それでも隊長代理であるかぎり、二番隊の隊長コルベール・ドゥ・ヴァンディエールが居合わせれば、さすがの一番隊の権威も通用しないのだ。

そうした上意下達の原則こそが、本来的に軍隊というものである。が、すでに何度か見てきたように、気に入らない上官には断じて従わないというのが、当時の軍隊でもあった。五十歳の苦労人が、大臣の弟というだけで、才覚も、経験も、実績もない、自分より二十歳も若い男の命令に、唯々諾々と服従したがるはずがない。わがままな話だが、この点はルイ十四世も配慮せざるをえなかったらしい。

ダルタニャンは特例を認められた。陸軍大臣ル・テリエは六五年一月十六日の手紙で、当時フーケ護送の任務のため、ピニェロルに飛んでいた我らが主人公に、次のように告げている。

「もちろん陛下は貴殿に命令書を送られました。それは小生も署名を並べた書類であり、また貴殿の手元に届けられたと思われる書類なのですが、これより先は代理隊長の称号を帯びた場合と同じ権能をもって、貴殿は部隊を率いることになります」

すなわち、コルベール・ドゥ・ヴァンディエールには従わなくてよい。ダルタニャンは大満足だが、治まらないのが隊長代理の下に置かれる二番隊の隊長のほうである。ちょこざいなガスコンが邪魔だ。そう考えたのは、あるいは隊長の兄のほう、ジャン・バティスト・コルベールだったかもしれない。

銃士隊の実権を二部隊とも弟に握らせたい。ヌヴェール公爵の解職なれば、二銃士隊を統合して、これを宮廷で足場を固める道具としたい。そんな計算もさることながら、コルベールには今こそ報復のときだった。テュイルリー鳥舎管理隊長の一件から先のフーケ事件まで、ダルタニャンには何度も不愉快な思いをさせられている。今こそ目に物みせてやる。その筋書に関しては、コンデ大公が一月九日付でポーランド王妃マリー・ルイーズ・ドゥ・ゴンザーグに宛てた手紙に示唆を得ることができる。

「マンシーニ殿(ヌヴェール公爵)は実労せず、またダルタニャン殿には国王陛下が、どこかの総督職を与えるだろうと考えられておりますので、二隊まとめて指揮するのはコルベール(ドゥ・ヴァンディエール)殿になるでしょうし、その暁には件《くだん》の役職は非常に大きなものになるでしょう」

総督の肩書を付けて、ダルタニャンを僻地に飛ばす。かつてトレヴィルが見舞われた悲劇と同じ処分を、コルベールは王に働きかけたらしい。が、この左遷は実現しなかった。フーケを追い落としたからといって、財務総監は宰相マザランになれたわけでなく、またルイ十四世も無力な子供ではないからである。それどころか「太陽王」は並外れた自尊心の持ち主であり、大臣の甘言に左右されたりしないばかりか、他人の意のままにされるものかと、逆に依怙地《いこじ》になるような青年である。

ダルタニャンを重用して、ルイ十四世は決して側から放さなかった。フーケ事件で残された数々の逸話を考えると、我らが主人公はコルベールのみならず、この尊大な王にも恨まれて然るべきなのだが、不思議なことに寵遇は途切れていない。やはり、コルベールに対する牽制なのか。あるいはダルタニャンに国家機密を握られた弱みか。いや、心からの愛着だったと素直に考えるべきなのか。ひとつ付言しておくと、少年時代に受けたフロンドの乱の心傷から、ルイ十四世には人間不信の嫌いがあったという。いつ裏切られるとも知れないと、猜疑心に凝り固まる青年であれば、失脚した財務長官に示されたダルタニャンの誠意には、かえって好感を覚えたものかもしれない。

いずれにせよ、ダルタニャンは銃士隊長代理のまま、護送任務から無事に宮廷に復帰している。が、それはそれで、また別な苦労の始まりだった。二銃士隊が並び立てば、互いに意地の張り合いになるのは、一種の宿命だからである。ちゃんばら再びというわけではない。豪壮華麗なヴェルサイユ宮殿は未だ建設中だとしても、優雅な宮廷文化を確立する太陽王ルイ十四世の個性に牽引されながら、時代の空気は前時代の蛮勇を徐々に忘れ去ろうとしていた。もはや荒くれた喧嘩決闘は価値ではない。かわりに求められるのが、磨かれた華美であり、洗練された雅びである。

ブルボン朝の宮廷貴族といえば、贅沢三昧、放蕩三昧と固定観念が強いが、実際のところ、人々は綺麗に着飾りたいわけではなかった。国王の志向が志向であり、世の価値観が価値観であるからには、お洒落《しゃれ》も処世の術である。全財産を投じて、借金に苦しんで、そんな悲喜劇を演じてまでも、優雅で華麗な上辺を整えられなければ、たちまち侮られる時代が到来したのである。無粋な軍人も例外でないというのは、ルイ十四世は整然と列をなす軍勢の観閲だの、颯爽と行進する騎馬パレードだの、この手の宮廷行事が大好きだったからである。どちらが精鋭部隊として、より人々の目を惹くか。ふたつの銃士隊の競争も、パリの世人に「レース戦争(guerre en dentell)」と揶揄されながら、お洒落くらべの形を取らざるをえない。

この点で黒銃士隊の有利は明らかだった。給金が高いわけではない。いずれの銃士も月給六十リーヴル、日給で三十九ソルで、さほどの高給取りではない(今日よりは高級品だが、コーヒー一杯が二ソルほど)。が、二番隊では銃士隊長コルベール・ドゥ・ヴァンディエール、その人が大金持ちなのである。惜しみなく私財を投じて、麾下の銃士を飾り立てることができる。

この挑戦を受けて立とうにも、ダルタニャンには金がなかった。たまにルイ十四世から報償が出ることもあるが、基本的な財源は銃士隊長代理の給金、ほんの月額二百リーヴルのみである。頼みは財産家の妻になるが、これも不幸な別居状態になっている。ダルタニャンは自ら多額の借金を抱えながら、個々の銃士にも最大限の努力を求め、ぎりぎりの勝負を挑むことになった。青息吐息の大銃士隊を冷笑しながら、ジャン・バティスト・コルベールは回想録に書いている。

「薄給の銃士が、無駄な御洒落に三百リーヴルの給金を全て使い果たしてしまうのだから、どうやって年を越すものかと訝《いぶか》しくなる。穏便に頼むのか、無理矢理に強いるのか、いずれにせよ家主に迷惑をかけているに違いない」

パリ市民に迷惑をかけるようでは、さすがの国王陛下も苦渋顔かと思いきや、ルイ十四世は民の苦しみを憂うより、あくまで華やかなファンタジーを優先させる人物だった。二銃士隊の「レース戦争」を諌《いさ》めるどころか、袖飾りにダイヤを下げろだの、黒ビロードの礼服を揃えろだの、逆に奨励する始末である。一六六五年四月はじめ、パリ北方のサン・ドニ平原で大がかりな軍事パレードが行われたが、その模様を目撃したイタリア人、セバスティアーノ・ロカテッリは『フランス紀行(Voyage en France)』で次のように伝えている。

「スイス兵が行進した後は、ほとんど全員が美しい白馬か連銭葦毛馬という乗馬ぶりで、五百人(誤り、三百人)を数える大銃士隊の登場だった。背中と胸に金糸刺繍の縁取で、銀糸組紐の十字架と陛下の頭文字を描き入れた、青羅紗のカサック外套こそは銃士のいでたちだった。十字架の色形はマルタ騎士団のそれに似ていないでもなく。カサック外套は先に話したように、ラチネ織りで裏地が張られているのだが、青地のカムロ織りに銀糸刺繍が施された、とても美しいジュストコール胴着をおおう格好である。馬衣は赤紫色で、銀糸刺繡で四隅に四太陽が描かれている。というのも、国王陛下は「並ぶものなき(Ubique solus)」という銘を伴わせながら、記章として太陽を用いていたからである。また帽子には、とても美しい羽根飾りが靡《なび》いていた」

「その同輩である小銃士隊は、大銃士隊と同じ兵数をもち、また大銃士隊と同じように馬衣を用いながら、ただ黒毛の馬をかっていた。こちらは二重の銀糸組紐を用いず、下胴着も平板な浮綾織である。そのかわり、青の馬衣には金糸で縁取られた「L(ルイの頭文字)」が描かれている。また帽子の羽根飾りが非常に優美だ」

「貴族でなければ、銃士隊に入ることができない。また大小の銃士隊の間には競争関係があり、それが銃士の装束においてこそ、我々が最新のモードと常軌を逸する金子が注ぎこまれた衣裳を、とくと拝める理由をなしているのである」

かくも綺羅《きら》びやかな銃士隊の行進に、ルイ十四世は大満足だったに違いない。同時に散財を余儀なくされて、ダルタニャンの泣き笑いが今にも目に浮かんでくるようである。やはり、時代は変わった。今は喧嘩や決闘より、お洒落が男の値打ちなのだ。それでも軍人は軍人であり、戦争は戦争であると思い返せば、あるいは旧時代の五十男には過酷な出陣命令こそ、かえって嬉しいものだったのかもしれない。

銃士隊長

一六六五年十月、オランダ遠征が始まった。かの国に侵攻したイギリス軍を撃退するべく、オランダ軍を救援するという、それは実利らしい実利もない戦争だった。にもかかわらず、ルイ十四世が参戦を決めたというのは、フランス軍の実力を広く諸国に知らしめる好機と考えたかららしい。

結論からいえば、王の面目は潰れた。補給困難な国外で苦戦を余儀なくされ、フランス軍では将兵の規律が大いに乱れたからである。が、戦争の現場となれば、苦労人には十八番である。我らが主人公と銃士隊だけは常に模範的な行動を示した。ルイ十四世は軍事的栄光も大好きな王であり、遠征全体には失望しているだけに、ダルタニャンに覚える好意は増したようである。王は渦中十一月の戦場に手紙を出している。

「朕は朕の銃士隊の一番隊が秩序正しくあるものと確信しております。貴殿が朕に送られた報告にも信を置いておりますし、加えて軍関係者のどの手紙を読んでも同様の事実が確かめられ、のみか他と比べられないほどに規律ある従軍生活だと特筆してあるからです。朕が部隊に、わけても貴殿に常に十分満足できるように、良い行いを続けなければなりません。さすれば機会が訪れたとき、貴殿は朕の好意の所産を引き続き確保することになりましょう」

忠勤に対する褒美が仄《ほの》めかされるのは、この手紙だけではない。フランス軍では依然として、いわゆる「偽兵」の問題が絶えなかったが、ダルタニャンは十二月二十七日の閲兵を文句のない形で済ませている。次に引用するのは、この直後に書かれたルイ十四世の手紙である。

「不意の調査であったにもかかわらず、前回の閲兵で貴殿が指揮を執られる部隊が満点以上の出来だったと聞いて、朕は非常な嬉しさを覚えております。朕に仕えようとする貴殿の情熱には、朕も信を置いているのですが、こたびの結果は、それに完璧に応えてくれたものだからです。朕が同じ思いでいられるように、常に配慮を怠らないでください。また貴殿が御関心を連ねて、朕に書き送られた問題、すなわち、かの地位に首尾よく進めるかどうかという問題について、朕が何も考えていないなどとは、くれぐれも疑わないように。最後に付言いたしますれば、朕は貴殿に聖人の守護があるようにと、神に祈りを捧げております」

一六六六年四月に停戦が決まり、フランス軍は盛夏の王都に帰還した。上機嫌で我らが主人公を迎えると、ルイ十四世は九月十六日に早速褒美を与えている。ダルタニャンが賜るのは「ノロジカ追いの小犬の隊長(capitaine des petits chiens courant le chevreuil)」という、現代人の感覚では滑稽味すら覚えるポストなわけだが、これも当時は権威ある宮内官職のひとつだった。前任者はティエ卿シャルル・ジラールという人物だったが、その死没に際しては後任希望者が殺到したらしい。フーケ裁判の判事で、財務長官の減刑に尽力したためにコルベールに睨まれ、以後は冷飯を食うことになる高等法院官僚オルムソンは、どこか嬉しげな調子で『日記』に書き残している。

「コルベール殿の義弟デマレ氏が、数日前に亡くなられた会計院の部長、ティエ殿の役職を所望なされていたと聞く。ペルティエ殿の屋敷から帰るところで、小生はテュレンヌ殿に出くわしたのだが、近づいて明かされたところ、ティエ殿の死没で空席となった小犬隊長の役職を、なんと陛下はダルタニャン殿に与えられ、また王太子殿下の家庭教師にはペリニィ殿を選ばれたとのこと。いずれもコルベール殿、ル・テリエ殿の意見を聞かない独断であった」

オルムソンに負けず、我らが主人公も輪をかけて、コルベールに恨まれる。だからというわけではないが、ほんの三週間でダルタニャンは小犬隊長のポストを返上してしまった。無礼ともいえるような辞任を認めるや、隊長の役職を廃止して、かわりにルイ十四世は二名の代理官を置いた。この二ポストを売却して、ダルタニャンは現金収入を得たというわけである。かねて主君は銃士隊長代理の貧乏事情を心得ており、はじめから全て折りこみ済だったようだ。それが証拠に気分を害するどころか、いよいよ太陽王の寵遇は極まる。

明けて一六六七年の初頭、マザラン枢機卿の甥子で、かの気まぐれな遊び人、ヌヴェール公爵フィリップ・マンシーニがイタリアから、久方ぶりにフランスを訪れた。どうやら手元不如意らしく、偉大な伯父から与えられた数々の官職を、やおら売りに出し始める。放出された砲兵隊長官、ラ・ロシェル都市総督、銃士隊長の三ポストは、どれも栄誉の要職であり、それぞれに候補者が殺到した。パトロンの裏工作も活発になり、なかんずくコルベールは今度こそ実弟に与えて、名実ともに二銃士隊の主としたいと躍起になる。だからこそ、オルムソンの『日記』の筆致は、いよいよ楽しそうなのである。

「ダルタニャン殿に会う。国王陛下はヌヴェール公爵殿下の解任において、コルベール殿がダルタニャン殿を好まないと知りながら、この御仁に銃士隊の代理隊長職を与えられていた。氏(ダルタニャン)は小生に破格の友情を示された方なり。陛下も氏がフーケの友であり、コルベールの敵であると存じておられ、かかる氏に賜られた御英断は、まさしく晴天の霹靂だった」

一六六七年一月二十二日付の辞令で、ダルタニャンは遂に一番隊の銃士隊長に昇進した。宮内庁改革を進めるルイ十四世は、近衛隊のポストに関しても、厳に官職売買を禁じており、ために今回は金銭は動かなかった。が、従前には二十万リーヴルは下らないとされたポストである。勢い、銃士隊長といえば、宮廷でも大領主と同格に扱われる。ダルタニャンが「伯爵」を称するようになるのは、この頃からの話である。なんの根拠も、謂われもない、要するに僭称ということだが、国王はじめ誰も異議を唱えなかった。銃士隊長とは、それほどの地位なのである。

実際のところ、この昇進で懐具合も大いに改善されていた。銃士隊長、厳密にいう代理隊長の俸給は月額三百リーヴルと、さほどの額ではないが、指揮官である国王から譲られる形で、さらに隊長分の俸給が月額六百リーヴル支払われたのだ。これでダルタニャンの俸給は、月額九百リーヴル、年収で一万八百リーヴルになる。さらに年金として、国庫から六千リーヴルを支給された。この調子なら、たちまち一財産を築けるかと思いきや、ダルタニャンの死後に金庫を開けてみると、中身は綺麗に空だったという。ばかりか、多額の借金証文さえ残されていた。この変わらぬ貧乏は、全体どういうことなのか。

黒銃士隊と張りあう、かの「レース戦争」も明らかな一因である。が、こうした出費を含めて、元来が出頭人という立場は、そうそう楽なものではなかった。栄達を遂げた人間には、それとして、なかなか厳しい義務が課せられたからである。

6　パトロンとして

ピエール・ダルタニャン

一六六〇年六月九日、フランス王ルイ十四世とスペイン王女マリア・テレサの結婚式が盛大に行われたのは、ガスコーニュの都市サン・ジャン・ドゥ・リューズだった。シャルル・ダルタニャンと銃士隊も祝賀の騎馬パレードに参加したが、その様子を沿道から眺めながら、この精鋭部隊を率いる隊長代理閣下は自分の従兄弟に他ならないのだと、内心の興奮を隠せない若者がいた。名前をピエール・ダルタニャンという。この場合は偽名でなく、我らが主人公には母方の叔父にあたる、アンリ・ドゥ・モンテスキュー・ダルタニャンの息子である。父親は地元で地道にバイヨンヌ総督を務めた人物だが、息子のほうは故郷に錦を飾る従兄弟

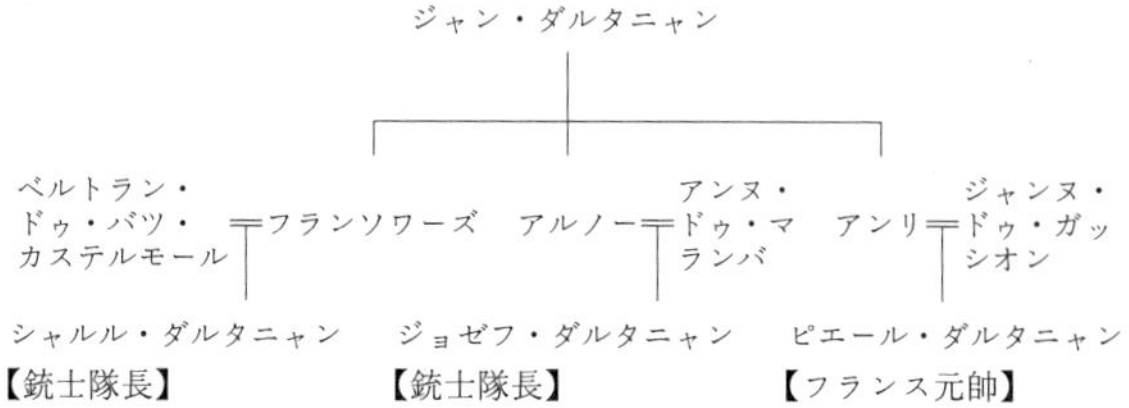

系図　ダルタニャン家

の姿を目撃したことで、いつか自分もパリに上京を果たし、近衛隊に入るのだと固く心に決めたらしい。ピエールは一六四五年の生まれであり、当時は多感な盛りの十四歳ということで、どうやら銃士隊の青制服の格好良さに、乱暴な霊感を与えられたようなのだ。

ピエール・ダルタニャンこと、後の「モンテスキュー元帥」が残した上京の逸話である。歴史に残る栄達が証明しているように、若者の衝動的な決断も今や無謀な冒険ではなかった。歳の離れた従兄弟シャルル・ダルタニャンが、パリの銃士隊で大成功を治めていたからである。要するに歴史は繰り返される。かつては我らが主人公も先達の活躍に胸踊らせ、我も続かんと無謀に故郷を飛び出しては、パリの同郷人に助けられた。おかげで地位を築くことができたのだから、ダルタニャンも今度は自分が後進の面倒を見る番だった。

白銃士隊には実際のところ、ダルタニャンと地縁血縁で結ばれた銃士が少なくなかった。銃士隊の名簿にはラ・プレーニュ、サン・マルタン、ヴィニョール、ラバディ、ラヴァルダック、ボルド、サント・コロンブと、ガスコン貴族の家名が枚挙に暇がない。自ら銃士隊長になるや、国王に働きかけて、空位になった隊長代理のポストを与えた人物からして、また別な従兄弟ジャン・ルイ・カステラ・ドゥ・ラ・リヴィエールなのだ。就職を世話し、昇進を応援し、また経済的な援助まで行いながら、ダルタニャンも今や、ちょっとしたパトロンだった。

もっとも、こうした労を厭うようでは、出頭人は勤まらない。すでに何度か目撃してきたように、当時の兵隊は気に入らない上官には従わない、意気の合わない同僚など戦友とは思わないと、そんな風に鼻息の荒い連中揃いだからである。さんざ辛酸を舐めてきただけに、ダルタニャンは今こそ銃士隊に自分の郎党を集め、しっかりと足元を固めておかなければならなかった。この際に地縁、血縁が大きな柱になるわけだが、この種の既存の誼《よしみ》を受動的に利用するに留まらず、当時の軍隊では新たな絆を積極的に創り出す方向にも、不断の努力が払われていた。

例えば、引き抜きである。フーケ事件で助手を務めた身辺警護隊の旗手モーペルテュイなどは、ダルタニャンと友誼を深めるままに銃士隊に移籍して、ここで改めて歩兵隊旗手のポストに着いている。いったん結びつきができれば、これを強めようとする試みも日常的に行われた。仲間内の通婚などは万国共通の常套手段なわけだが、ここではキリスト教の文化圏に特徴的なものとして、洗礼親の習慣に注目したい。

実際のところ、ダルタニャンは一六七〇年九月十六日、銃士隊の街区を管轄するサン・シュルピス教会で、ベアルン出身の銃士アブラム・ジョゼフ・ドゥ・カスナーヴの息子、シャルル・ジョゼフの洗礼親を務めている。また七一年四月九日には、銃士隊の軍曹サン・レジェ卿アドリアン・マレゼの息子のために、再び洗礼親である。要するに道義的な親族関係を築くことで、銃士隊における上官・部下の絆を、いっそう強めるわけである。いうまでもなく、洗礼を授けられた子供たちは宗教上の親子関係をもって、銃士隊長という「ゴッド・ファザー」に恵まれたことになる。

ピエール・ダルタニャン

キリスト教の習慣というが、いうまでもなく、洗礼はカトリック教会の秘蹟である。プロテスタント教会では行われない。カスナーヴなどは厳《いかめ》しい名前から、プロテスタントだったと思われるのだが、自分の保身のために、あるいは息子の将来のために、カトリックの儀式に進んで参加している。信教の自由を認めたナントの勅令が、ルイ十四世時代に廃止された顚末は有名な史実だが、これを挙げるまでもなく、十七世紀フランスのカトリック反動は、つとに指摘されるところである。宗教儀礼を通じて後援を頼み、また郎党を固めるという、このような習慣もプロテスタントの不利に、あるいは一役買っていたのかもしれない。

ピエールに話を戻そう。若きガスコンは血気に逸《はや》るまま、もう一六六〇年十月には上京を果たしている。まだ十五歳の少年であれば、はじめは王立ジュイイ学院で文武の習得に励まなければならなかった。しっかり修めた後に、王宮付の「小厩舎」で小姓となるのが、六四年のことである。従兄弟の後見のおかげで、理想的なパリ生活を満喫しながら、巷に「小ダルタニャン」の仇名で呼ばれ始めた頃に、いよいよ青年隊士の身分で近衛歩兵連隊に席を占める。が、これは慣例を踏んだにすぎず、あくまで実質はダルタニャンの配下に置かれたようである。

おりしもフーケ事件の終盤であり、ピエールもピニェロル護送の一団に加えられると、そのままアルプス山麓の要塞で数カ月の勤務を果たしている。これで精鋭部隊に入るための実地訓練を終えたとみなされ、一六六五年にパリに帰還するや、晴れて銃士の制服を受けたという運びである。このとき隊長代理だったシャルル・ダルタニャンは、若い従兄弟の門出のために新たな衣装箪笥を作り、数頭の馬を譲り、さらに未払い借金の清算まで引き受けている。

銃士ピエールは従兄弟の麾下で、それから三年の転戦を経験した。先に触れた一六六五年十月のオランダ遠征、ならびに一六六七年五月に始まる「相続戦争(la guerre de dévolution)」である。これはルイ十四世がスペイン王室出の王妃、マリー・テレーズの相続分を主張して、スペイン領フランドルに侵攻した一種の征服戦争である。オランダ遠征の失敗を受けて、陸軍大臣ル・テリエが大規模な軍政改革に取り組み、その試金石として行われた戦争でもある。ダルタニャンといえば、この遠征で騎兵旅団長を務めた。すでにして、将軍と呼ばれるべき要職である。

従兄弟の指揮下でピエールは、リール、トゥールルネ、ドゥエイ、マルサンと包囲戦に参加したあと、フランシュ・コンテ制圧作戦にも同道している。若者が恵まれているというのは、初陣から将軍の側で当代一流の戦争を経験できたからである。相続戦争が終結した一六六八年、ピエールは銃士隊を退いて、近衛歩兵連隊に移籍した。旗手、隊長代理補、隊長代理、隊長と、とんとん拍子の出世に恵まれた場所というのが、かねてからの後援者グラモン公爵の連隊だった事実から、これも我らが主人公の斡旋だったと思われる。ダルタニャンの銃士隊が一種の士官学校だったという好例である。

人脈あり、実力ありと、ピエール・ダルタニャンの以後の経歴は、近衛幕僚長、歩兵隊総監、アルトワ地方国王総代兼アラス都市総督、フランス元帥、ラングドック地方総督と、まさしく輝かしいの一語である。なにくれと世話を焼いたダルタニャンとしても、さぞや鼻が高かったに違いない。不仲の奥方に二人の子供を連れ去られ、もしかすると自慢の息子のように感じていたかもしれない。が、息子であれ、甥であれ、従兄弟であれ、いつもピエールのような優等生に恵まれるとは限らない。

ジョゼフ・ダルタニャン

我らが主人公が引き受けた従兄弟は、もう一人いた。ジョゼフは母方の本家を継いだ叔父アルノーの息子で、モンテスキュー・ダルタニャン家の総領息子である。一六六六年十一月、やはり十五歳でパリ上京を果たしているが、いっそう歳が離れた従兄弟なのだと思いながらも、シャルル・ダルタニャンは幼い印象を覚えたのではなかろうか。銃士隊長の次兄(一説には末弟)にアルノー・ドゥ・バッツ・カステルモールという司祭がいたが、この肉親に長旅を付き添われて上京してきたからである。学ある聖職者は母方のダルタニャン家に請われ、田舎で総領息子の家庭教師を務めていたからだが、それにしてもジョゼフには、やや過保護に守られた感がないではない。

面白いのは、この若者が筆まめで、沢山の手紙を残していることである。ジョゼフはパリに到着して間もない十一月二十三日の日付で、ジャン・ドゥ・カルダイヤック・ドーゾンというマルタ騎士団の騎士に次のような手紙を書いている。すでに父親アルノー・ダルタニャンは亡く、ドーゾンは後見人に指定された親戚である。

「とても遅い時刻の到着になってしまったので、前の郵便馬車に間に合うようには、手紙を書くことができませんでした。とはいえ、ちっとも体調を崩すことなく、僕は元気で到着しています。僕は今ダルタニャン殿の御屋敷にいるのです。ダルタニャン殿が貴殿に宛てて、僕に一緒に出すよう頼んだ手紙も受け取りました。ですが、僕が到着しても、まだ貴殿の手紙は届いていませんでしたよ。そうそう、僕は上手な買い物で求めた服に袖を通してみました。上手というのは僕の服は五十リーヴルもしませんでしたし、僕の従者の服だって、ほんの十二エキュほどだったのです」

可愛げは感じられるが、ジョゼフは妙に言い訳がましく、しかも始めから金の話題が出てくるところなど、やや気になる若者といわざるをえない。さておき、我らが主人公はピエールと同じように、まずはジョゼフを当時パリで高名を博していた、フォレスティエ兵学校に入門させた。ここで垢抜けないガスコンは磨かれ、みる間に王都の兵隊の色に染められていくわけだが、それは馬術、剣術、銃術に秀でるというよりも、浪費、放蕩の悪癖に歯止めがなくなるという意味だった。やや過保護にされたジョゼフは、郷里の母親から半年毎の仕送りを受けていたようだが、そんなものは瞬く間に使い果たす。あげくが六七年七月二日付で、次のような手紙を書く始末である。

「親愛なる母上さま、僕の六カ月分は本日なくなってしまいました。なのに我慢できない思いで、馬を手に入れる日を待ち焦がれています。母上さまなら、僕に持たせてくれるだろうと、希望を捨てられないでいる馬です。というのも、一頭も持てないようでは、一人前の男とはいえないものだからです。その分の金子を僕に送ってくださるよう、できれば母上さまの口からドーゾン殿に話してみてほしいのですが」

後見人として、ドーゾンは若者の相続財産を管理していた。ジョゼフは母親に口添えを断られたらしく、六八年一月には「重大な必要を賄うため」と八百リーヴルを、三月には兵学校を卒業するためと別に八百リーヴルを、自らの手紙で後見人に求めている。念願の馬は手中にしたのか、それは残念ながら知れないが、修学のほうは無事に全うできたようである。十七歳のジョゼフは六八年のうちに、早くも銃士の制服を手に入れているからだ。優等生の従兄弟ピエールが近衛歩兵連隊に移籍したため、銃士隊の定員に空きが出たという運びで、甘えた問題児が幸運に恵まれるものである。しかも銃士隊は白黒の意地の張り合いで、ちょうど「レース戦争」の真最中だというのである。ジョゼフは喜々として贅沢に走り、いよいよ浪費癖にも拍車がかかる。進退きわまると、後見人に泣きつく手順も成長することがない。放蕩児は六八年十月十四日付で、次のような手紙をドーゾンに送りつけている。

「お金が本当に必要なのだと、今度こそ嘘ではありません。もう僕は一ソルも持っていないというのに、馬の代金として貸してくれた四十ルイを、旗手ダルタニャン殿(ピエールのこと)に返さなければならないのです。従兄弟のために、どうか快く金子をお送り下さいますよう。貴殿の救いなくば、必ずや破滅してしまう哀れな僕のために、貴殿は慈悲の心を忘れたりしない御仁だと信じております」

また馬である。以前には買えなかったのか、あるいは新たに高級な馬に乗り換えたのか、いずれにせよジョゼフは我慢という言葉を知らない。遠く離れたドーゾンに哀願する以前に、銃士隊長ダルタニャンや隊長代理カステラ・ドゥ・ラ・リヴィエールなどはパリにいて、年《とし》嵩《かさ》の身内として、直属の上官として、この若者には相当な援助をしていたはずなのである。司祭アルノーなども可愛い教え子には、聖職禄を有するラ・レオウ大修道院の収入から当てて、きちんと仕送りしていたというのに、それでも足りないというのだから呆れる。あげくに優等生ピエールにまで迷惑をかけるとあっては、さすがの鷹揚な大人たちも、そろそろ容認できなくなったのだろう。年嵩の二人の従兄弟は、パリで親族会議を開いたようだ。十二月二十三日付の手紙で、ジョゼフはマルタ騎士団の後見人に伝えている。

「お優しくも貴殿が僕に宛てられた返信を受け取りました。けれども、僕は大いなる失意をもって、貴殿に報告しなければなりません。ダルタニャン殿とラ・リヴィエール殿の命令で、僕は来週の水曜日には(故郷ガスコーニュに)出発しなければならないのです。かねて至る所に借金があるという有り様で、もう当地(パリ)にはいられなくなったというわけです」

結果から明らかにすれば、なんとかジョゼフはパリに留まることができた。ドーゾンの取りなしに、年嵩の二人の従兄弟が折れたというのも、派手な国王観閲式が一六六九年二月にブーローニュの森で、三月にコロンブ平原で相次いで行われ、これにサン・セバスティアン草原の園遊会が続くという展開に、二銃士隊が「レース戦争」を激化させたからだと思われる。喜々と着飾るジョゼフひとりは責められないというわけだが、この若者の浪費癖は遂に治癒しなかったらしく、まだまだ他にも金策の手紙は残されている。

それでも軍務は真面目だったのか、あるいは一族の人脈が利いたのか、はたまた浪費癖そのものが派手好きな国王ルイ十四世に気に入られたのか、またジョゼフも輝かしい経歴を歩んだ。一七一五年には白銃士隊の隊長に昇進して、苦労人の従兄弟を継ぐ形になるのだから、やはりダルタニャンには可愛げのある息子のようなものだったろうか。

7　栄達と苦悩

リール総督

郎党で固めた銃士隊を手足のように動かしながら、ダルタニャンの仕事ぶりは、いよいよ円熟味を増していく。多種多様な任務を与えられながら、そのたび見事に役目を果たしていくからである。例えば、一六七〇年七月には南フランス、ヴィヴァレ地方に飛んでいる。王家の重税に抗する反乱が起きたため、再び騎兵旅団長として、その鎮圧作戦を命じられたからである。七一年十一月には新たに護送任務だった。囚人はローザン伯爵アントナン・ノンパール・ドゥ・カウモンという男で、グラモン公爵の従兄弟という宮廷の要人だった。収容先は今度もアルプス山麓ピニェロル要塞であり、となれば、フーケ護送で実績ある我らが主人公の出番というわけである。

余談になるが、この時期のピニェロル要塞には失脚した二人の要人の他に、今ひとり奇妙な囚人が監禁されていた。他でもない、フランス史上最大の謎とされる「鉄仮面(masque de fer)」である。デュマの『ブラジュロンヌ子爵』で知られる不可解な男の姿を、ダルタニャンも目撃していたかもしれない。肝心の謎にも通じていた節があるが、いずれにせよ、ここでは余談に属する話である。

我らが主人公がピニェロルから帰京すると、フランス王ルイ十四世は一六七二年四月、オランダ共和国に宣戦を布告した。この遠征に銃士隊も出動を命じられ、ダルタニャン本人も今度は幕僚長の肩書を帯びた。軍隊が動員されるたび、将軍の位を約束されるようになりながら、これが惜しくも最後の昇進ということになる。

デュマの小説に反して、史実のダルタニャンはフランス元帥にはなれなかった。そのかわりというわけではないが、リール都市総督という栄誉のポストを与えられた事実は、別して述べられなければならない。一六七二年四月十五日付の辞令は「神の恩寵によりフランスとナヴァールの王たるルイは、朕の親愛にして好意を禁じえぬ、朕の常設近衛隊における銃士隊一番隊の代理隊長、ダルタニャン卿に挨拶を伝える」と始まり、次のように選抜理由を明らかにしている。

「朕の従兄弟ユミエール元帥が不在の間に、リールのような、かくも重要な土地の安全を確保し、また保持するための適任者を抜擢する必要に迫られたとき、朕が与えた様々の任務で貴殿が証明された能力を鑑み、また戦争の事柄だけでなく、人々を治める術においても同様の慎重さと賢明なる振る舞いをもって、貴殿は実力と勇気と経験を大いに発揮されるだろうと思い、さらに朕に仕えて示してきた貴殿の忠誠心と際立つ熱意に全幅の信頼を置くならば、貴殿より相応《ふさわ》しい人材がいないとも、貴殿より朕のために優れた働きを示せる人材もいないとも心得ざるをえず、この儀に朕は貴殿に目を留めたものである。以上の通り、朕は来る十月の末日まで、リール、オルシィならびにラルーの朕の都市と城砦を指揮するべく、貴殿に職務を与え、勅命し、また現地に派遣するものである」

任期は十二月六日まで延長されるが、いずれにせよ、フランス元帥兼リール総督のユミエール侯爵が前線に出る期間に限られる、いわば臨時の職である。それでもガスコーニュ出の小貴族には大抜擢というべきだった。いやしくも元帥閣下が自ら兼ねる事実に窺えるように、それは月並な都市総督とは一線を画する要職だったからである。

フランドル国境の都市リールは、当時における最重要拠点のひとつだった。フランドル地方長官、ミシェル・ル・ペルティエ・ドゥ・スージと協力して行われるべき仕事内容も、重大かつ非常な多岐に亘らざるをえない。駐屯部隊の管理、軍隊の移動の監視、兵士犯罪の摘発等々は件数が多いとはいえ、まだしも通常の職務である。国境地帯が不断の緊張状態にあったため、まずもってリール総督ダルタニャンは、治安の維持に骨を折らなければならなかった。

現に着任早々の五月十四日、リールから八キロほどの村落ドゥールモンで、国王役人が襲撃され、死人まで出るという事件が起きている。我らが主人公はル・テリエの息子で、父親の同輩として陸軍大臣の地位に着いたルーヴォワに、手紙で次のような報告をなしている。

「ドゥールモンの事務所を襲撃したのは誰なのか調べ、事の真相を把握するため、小生は数人の農夫を派遣いたしました。ですが、かの地に送りこんだ者たちも戻りません。捕られ人が今どこにいるのかも知れません。エクリューズ市から出動したオランダ兵の仕業に違いないと、皆が異口同音にいうのですが、確かな裏は取れていません」

一週間後の二十一日付の手紙では、今度は地方長官ル・ペルティエが報告しているが、この段階で「我々が入手した全ての情報を総合しますと、まず間違いないところ、先の敵対行動はオランダ兵の僅か二十五人の徒党によって行われ、連中はエクリューズ駐屯部隊に属する兵隊だということです」。リールの周辺では一種のパルチザン活動が行われていた。状況を把握するや、ダルタニャンとル・ペルティエは防備を強化したり、そのための民兵を組織したり、未然の予防に奔走するのだが、オランダ兵に国境の外に逃げられては手を出せない。最後はパリに働きかけて、外交解決を求めなければならないのだから、改めて難儀な仕事であるといわなければならない。

実のところ、リールは一六六八年に相続戦争で、フランス軍に占領されたばかりだった。ほんの四年前までは外国だったわけで、そうした事情を加味すれば、征服に抗するパルチザン活動も特に驚くべきではない。「フランス人」を喜ばない気分はリール市内も例外でなく、住民と接触する総督や地方長官の任務そのものが、不可避的に外交官の性格を帯びざるをえないのである。パリからの命令とあらば、ときに好んで反感を買う挙に出るときもあるのだから、本当に骨が折れる。

例えば、祝祭である。ダルタニャンは六月二十七日付の手紙で、次のようにルーヴォワに報告している。

「当市の教会で賛美歌テ・デウムが歌われるようにと、閣下が小生に宛てられた王命を受け取り、三日がたちました。かの行事は昨日果たされ、閣下が命じられた通り、名誉なことにも小生は祝砲を打ち鳴らし、また皆で祝賀の灯火を焚きました」

それは前線のフランス軍が、六月十二日にライン渡河に成功したことを記念する趣旨だった。さらに七月三日には国王の第二王子アンジュー公の生誕を記念して、十三日には再びオランダ戦争におけるフランス軍の戦勝を祝して、ダルタニャンは同様の祝祭を企画するよう命じられている。「公の喜びを形にするため」などと上は綺麗事をいうのだが、現地では被征服民にフランスの力を誇示する、高圧的なデモンストレーションと受け取られかねない。派手なイリュミネーションを灯火するにも、教会の鐘楼はじめ公の建物にトーチやランタンを設営するよう、憮然たる市政役人に命じることになるのだから、ほとんど喧嘩

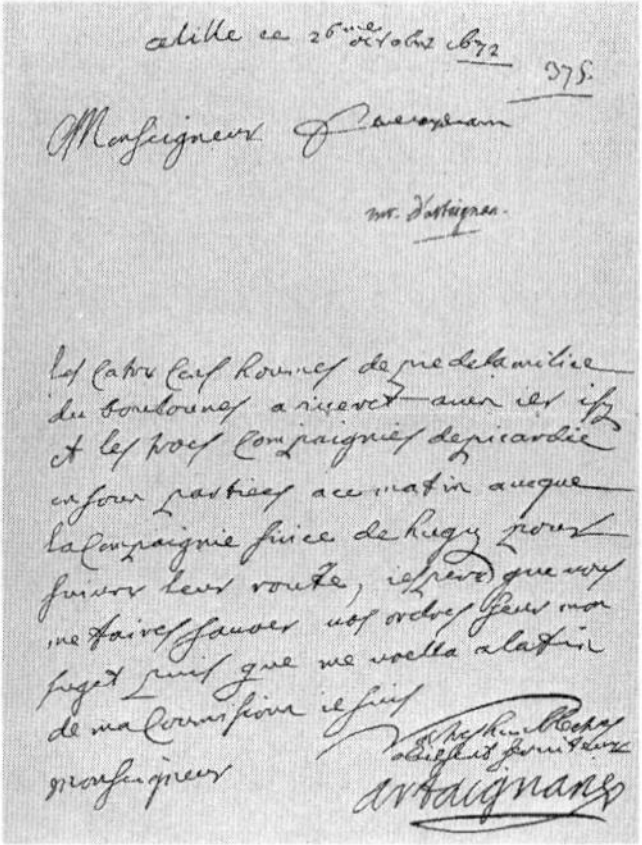

1672年10月25日付の手紙.
ルーヴォワにあててダルタニャンは自軍の様子を伝えている.

を売れといわれたようなものである。

が、そこは人生の機微を知る苦労人、ダルタニャンの手腕だった。我らが主人公は囚人にも誠意を尽くす持ち前の人柄で、リール市民とも良好な関係を築くことに成功したようである。総督公邸が置かれたのが、市内サン・モーリス教区、アッピエット通りのサント館だが、この大きな広間と無数の客間、それに美しい庭園を備えた豪邸で、パリで磨かれた社交術を発揮するとばかり、ダルタニャンは在郷の有力者を招いて、しばしば饗応したりもしていたらしい。なかんずく親交を深くしたのが、リール三部会に任命されていた現地の行政官、ミシェル・アンジュ・ドゥ・ヴュオエルデン男爵だったが、この人物などは我らが主人公を

「小生の最も権勢あるパトロンのひとりであり、小生の最も素晴らしき友人のひとりである」

と手放しに持ち上げている。

十一月一日にはリール市政役人の更改が行われたが、このときもダルタニャンは更改委員の仕事を頼まれ、新たな参事会長と自警団長を指名している。次の引用は地方長官ル・ペルティエが、顚末をルーヴォワに報告した三日付の手紙である。

「こたびは閣下に、リール市の新しい役人名簿を送ります。更改結果については、市民全員が満足の様子です。またダルタニャン殿は諸々の言動から最も有能で、しかも当方に好意

的であると判断される人物に投票いたしました」

ちなみにダルタニャンの指名で新たに任命された参事会長はフィリップ・ル・カミュ、自警団長はシャルル・フィリップ・アベール・ドゥ・ショーヌ、いずれもリール生まれの貴族だった。敵地とも思われた地元社会に一定の信頼と声望を築き、我らが主人公の手にかかれば、リール総督の役目など造作もなかったと、できれば鼻息を荒くしたいところである。が、それは残念なことに早計といわなければならない。フランス人が仕事をする場合は、ときに敵より味方のほうが厄介な相手になるからである。

技師団との反目

重要な拠点には多くの人材が送りこまれる。わけてもリールには通常の兵員だけでなく、多数の技師、工兵、土木作業員が投入されていた。敵軍に奪い返されることのないよう、フランス軍が北東の一角に五稜堡の城塞を建設するという、当時としては最大規模の工事を進めていたからである。

リール城塞総督の職を拝命しながら、この大仕事を任せられた若き築城の天才こそは、セバスティアン・ル・プレトル・ドゥ・ヴォーバンだった。自らの作品を「城塞の女王」であるとか、「要塞の長女」であるとか呼びながら、ほどなく築城総監兼フランス元帥となる男もまた、ひとかたならない情熱をリールという場所に傾けていた。これがダルタニャンには頭痛の種になる。ヴォーバン麾下《きか》の技師団と反目するからである。

最初の悶着は八月に起きた。相手はモンジヴローという築城技師で、ヴォーバンの留守中に工事の現場監督を任されていた人物である。不和を諫《いさ》めたルーヴォワに、ダルタニャン自らが猛烈な抗議と弁明を試みているので、その手紙を引用してみよう。

「リールに赴任してからというもの、小生は騎士モンジヴロー殿には世にもないほど紳士的に接してきました。また同時に思いますのは、丁重に扱いすぎたかと。なにせ小生が赴任してからというもの、彼の者は当市で何が行われているのか、小生には一言も明かしてくれず、閣下(ルーヴォワ)から都市総督にも地方長官にも、当市で行われている工事に関しては、いっさい報告するなと命令されているからと、そう突き放したきりなのです。が、それで結構であると小生は答え、こちらからは何も求めず、そんなことを何故いわれなければならないのかと、ただ驚くばかりでした」

まずは微妙な指揮命令系統の問題を読み取らなければならない。最重要拠点リールには、このとき二人の総督が並びたっていた。リール都市総督ダルタニャンと、リール城塞総督ヴォーバンの二人である。我らが主人公の職務権限は要塞工事にも及んでいたが、そこは畑が違うという理屈がある。はじめ、ダルタニャンは干渉がましい言動を、努めて控えていたようである。

「小生は次の事件までは、彼の者とも良好な関係を保ってきました。事件というのは、二箇所で旧城壁が崩された数日前から、そこを我々が馬で通れなくなったことです。城壁の巡回路を遮断するなら、参事会長や小生が巡回できるよう、別に便宜をはかってほしいと頼むために、小生は彼の者を探しましたが、どこにも見つかりませんでした。小生は参事会長に、彼の者を探してほしい、もしくは我々に巡回を行う術を確保するよう小生が望んでいると、彼の者に手紙を書いてほしいと頼みました。参事会長は手紙を書いたということですが、彼の者は八日たっても返事をよこさないという始末です」

当時の軍隊の悪癖を再び読み取るべきだろうか。すなわち、忠誠心は特定の個人にしか捧げられない。銃士隊がダルタニャンにしか従わないように、築城技師団もヴォーバンにしか平伏したがらないのである。高飛車に命令などされた日には、とたんに反発するような依怙地な感情が働くわけだが、それにしてもモンジヴローは些《いささ》か度を越していた感がある。無論のこと、ダルタニャンは治まらない。

「そうした事件のあと、彼の者は渋々という格好で小生の公邸を訪ねてきました。小生は駐屯部隊の将校たち二十人と一緒に庭におりました。彼の者が入場するのが見えましたので、小生は帽子に手をかけ、彼の者に言いました。

「ムッシュー、なにか小生に御所望の仕事でも」

彼の者は小生に会いに来たのだと言いました。小生は答えました。そんな御苦労をかけるに小生は値しないはずではないかと、それでは過分にすぎる骨折りをなされたのではないかと。小生が意趣を返してやりますと、彼の者は答えようとしました。

「しかし、ムッシュー……」

小生は彼の者に言いました。「ムッシュー、小生が思いますに貴殿に対しては、じゅうぶん紳士的に話してきたはずです。貴殿の側から苦情など出ないはずではありませんか」。小生は彼の者を残して、駐屯部隊の将校諸氏と庭の散歩を続けました。しばらくして、彼の者は出ていきました」

「さて、閣下、これが騎士モンジヴロー殿と小生の間に起きた、一語一語まで全て違わぬ経緯です。とはいえ、閣下、いっそう不愉快な出来事が他にも起きておりますので、以下に記したいと思います。三、四日も後のこと、小生が空堀のところを歩いていますと、かたわらに彼の者が五、六人と一緒におりました。反対側から小生は通り抜けたわけですが、そうしますと、彼の者と一緒にいた六人は小生に挨拶しました。ところが彼の者ときたら、小生のほうを、ちらとも見ようとしなかったのです」

すでにして泥仕合である。モンジヴローがモンジヴローで拗《す》ねた態度が幼稚なら、いちいち歯嚙みするダルタニャンもダルタニャンで大人げない。これで終わりにすることなく、ヴォーバンの従兄弟にあたるリール城門管理官ポール・ル・プレトルや、ヴォーバン不在時の城塞総督代理ラ・ヴェルカンティエールを相手に、城門開閉の報告がないだの、脱走兵の扱いが不当だのと嚙みついて、さらに一悶着、二悶着なのである。

我らが主人公の苛立ちには、なにか常軌を逸した感がある。意のままになる銃士隊をパリに残し、単身赴いた出張先の心もとなさが、過敏な被害妄想に転じてしまったのだろうか。あるいは軍隊の常で反発されるに留まらず、なんらかの侮辱を加えられていたのか。それは例えば、栄達を遂げた銃士隊長を成り上がりと蔑む、冷やかな視線だったかもしれない。本来の総督であるユミエール侯爵は累代の名家の出なわけだが、そのかわりの総督を名乗りながら、外国人同然のリール市民は騙《だま》せたとしても、フランス軍では皆が貧乏ガスコンの素性を知っているぞと嘲笑《あざわら》うような……。

九月にはヴォーバン本人がリールを訪れた。不和を目《ま》のあたりにするや、ダルタニャンと直接会談に及び、首尾よく和解に漕ぎ着けているが、このとき大人の態度で譲歩したのは、未だ三十代の若き城塞総督だったようである。ルーヴォワは九月三十日付の手紙で、一時は辞職まで考えたというヴォーバンを次のように宥《なだ》めている。

「いっそリール城塞総督を解任してほしいと陛下に申し出たそうですが、陛下は貴殿に申し伝えるようにと私に命令されました。貴殿にこそ役目を果してほしいのであり、陛下は解任に応じる気はないと。加えるに、もう一月もすれば、ダルタニャン殿の任期は終わりになります。そうすれば、貴殿は全て満足できるでしょうし、また我々も貴殿が納得できる形で、貴殿の悩みを解決することができるでしょう」

石頭の年寄りを、ひとつ上手にあしらおうではありませんかと、そう言わんばかりの不遜な気配が感じられる。もう数年で、ダルタニャンは六十歳である。侮辱というなら、むしろ「老いぼれ」と嘲笑する雰囲気こそは、我らが主人公に注がれた冷やかな視線の正体だったかもしれない。あるいは若い世代の台頭に、苦労人は自ら己の限界を透かし見て、人生の秋に特有の苛立ちに捕らわれていたのだろうか。実際のところ、この頃からダルタニャンは妙に喧嘩早くなる。

8　最後の戦争

マーストリヒト

一六七二年十二月六日付でリール総督の職を離れ、ダルタニャンはサン・ジェルマン・アン・レイで本来の銃士隊長に復帰した。宮廷で国王の側仕えに戻るも束の間、一六七三年五月一日には銃士隊ともども、継続中の対オランダ戦争に出陣を命じられる。前年の成功を受け、一冬を周到な準備に費やしながら、いよいよ着手される包囲戦は、マース河を跨ぐ大都市マーストリヒトを標的としたものだった。

六月、ウェストファリアに冬営していたテュレンヌ元帥麾下の軍勢十万が右岸に、新たに国王が率いてきた軍勢四万五千が左岸に、それぞれ着陣を果たして、両陣営を連絡する船橋がマース河に浮かべられた。ル・テリエ、ルーヴォワ父子の軍制改革のおかげで、後方支援が充実したフランス軍では、新たな物資の補給なしに全軍が六週間は耐えられるという、豊富な食糧にも恵まれていた。

マーストリヒトを包囲する

まさに磐石の態勢である。迎え撃つ都市マーストリヒトはといえば、こちらも円柱塔を並べる中世以来の城壁の外側を、稜堡、半月堡、外堡という近代的な防衛施設で固めた巨大要塞を備えていた。これにオランダ共和国が動員できる兵力の、実に二割に相当するという一万一千の守備隊を駐留させ、しかも防衛戦を指揮する総督ジャック・ドゥ・ファルジョーは、五六年ヴァランシエンヌの戦いでテュレンヌを敗走させた逸話を有する名将である。フランス軍は報復に燃える元帥に加え、新たにヴォーバンという逸材を得て、この専門家が考案した三重平行壕を採用しながら、いよいよ本格的な攻撃に着手する。

連日の戦闘は稀にみる激戦に発展した。ここで特筆したいのは、イギリスが当時の同盟関係から、チャールズ二世の庶子、モンマス公爵ジェームズ・スコットを指揮官として、フランス軍の陣営に派兵していた事実である。とはいえ、それは形だけの派兵にすぎず、実際に戦場に馳せ参じたのは三十人の護衛と、二十人ほどの側近貴族だけだった。余談ながら、この貴族の中にジョン・チャーチルという人物、つまりは後にマルバラ公爵となる、かのウィンストン・チャーチルの先祖も含まれていた。こちらは未だ軽輩にすぎないが、モンマス公爵という貴公子は正真正銘の要人であり、さほどの兵力にならない割にフランス軍は神経ばかり遣うことになる。厄介な要人とくれば、またしてもダルタニャンの出番と相なるのだから、我々としても無関心ではいられない。

六月二十四日、土曜日、聖ヨハネの祝日、いよいよイギリスの王子が前線に出た。フランス軍では一種の遊戯で、総指揮官が日替わりとされていた。モンマス公爵が二十四日の当番というわけだが、ダルタニャンは一緒に幕僚長の肩書を与えられ、その補佐と護衛を任せられた。

戦闘の焦点はマース左岸に絞られていた。夜も更《ふ》けた午後十時、フランス軍は聖ピーテルスの丘に据えた陣地から、都市の城塞施設に砲撃を開始した。同時に幕僚長モンタル伯爵の指揮で、王太子付近衛歩兵連隊と銃士隊二番隊分隊が、城壁に突撃を敢行する。これはオランダ軍を引きつけるための陽動で、フランス軍の真の狙いはトングル門の攻略にあった。この地点には歩兵旅団長モンブロン伯爵麾下の歩兵四大隊を主力に、三百の擲弾兵《てきだん》、銃士隊一番隊、銃士隊二番隊分隊と集められていたが、これら全軍を指揮するモンマス公爵の裁量は、あくまで名目上のことである。身内というべき銃士ピエール・カレ・ダリニィの証言なので、いくらか割り引く必要があるが、実質的に夜戦の「全ては、かくも高名にして、あまねく世に評判を得たる我らが指揮官、ダルタニャン閣下次第であった」という。

またも激戦となり、戦闘は翌朝の三時まで続いた。少なからぬ死傷者を出したが、かいあってフランス軍はマーストリヒト城塞に肉迫し、空堀の斜堤、覆道、さらに半月堡の制圧に成功した。こうした戦果を得てから、ようやくダルタニャンは休息を得たわけだが、その幕舎に夜が明けた八時ごろ、モンマス公爵とモンブロン伯爵が訪ねてきた。

この戦争では歩兵旅団長に任じられていたものの、モンブロンの普段の職務はコルベール・ドゥ・ヴァンディエールの退役を受けた、後任の黒銃士隊の隊長である。例の競合関係を頭の隅に置きながら、朝の幕舎の顚末を続けよう。モンブロン伯爵いわく、この二十五日の総指揮官ラフイヤード卿が塹壕で、攻略した半月堡を囲む防護柵の構築にかかっていると。以下は再び銃士ダリニィの回想である。

「ダルタニャン閣下は諸氏より事情に通じておられ、次のように答えられた。

「すでに友軍は半月堡と斜堤を占拠しているのです。そのことを理解して、ラフイヤード殿も夕方までには、陛下の健康のために乾杯することしか考えなくなります」

ふりかえって、閣下はモンマス殿に続けられた。

「親愛なる王子よ、塹壕の将校たちは皆して、陛下の健康のために乾杯する喜びを断念させようという腹でしょうが、なんの、我々までが食事を遅らせる必要はありませんぞ」

そうした意見には同調したものの、モンブロン殿は防護柵の構築に再び話を戻された。この件に関して、ダルタニャン閣下が繰り返されたところ、ラフイヤード殿は最善の策だと考えたかもしれないが、工事地点に大勢の人員を送れば、その様子は半月堡を見下ろす敵から察知されてしまい、ために沢山の兵士を失うことになる。さらなる損害を我々に加えられると、籠城側に出撃を促すことにもなりかねないわけで……。モンブロン殿は話を聞かず、今日できることは明日に伸ばしてはならないと反論された。だからこそ、ダルタニャン閣下も立腹され、次のように言い放つ運びになる。

「そうまでいわれるなら、好きに兵士を送るがよろしい。ですが、貴殿が事態を悪い方向に導かないかと、小生は大いに危惧いたしますな」

ダルタニャンは同僚を相手に再び大喧嘩だった。怠け者のようにいわれて、さぞや歯がゆい思いがしたのだろうが、フロンドの乱の危機的な渦中において、あるいはフーケ事件の緊迫の局面において、あるいは数々の戦場において、あれほど冷静で自制心に富んでいた男が、どういうわけだか近年こらえどころなく、かっと大爆発してしまう。いくら激情家のガスコンだからと、それにしても短気を起こして、肝心の問題を投げ出してしまうべきではなかった。なんとなれば、我らが主人公は正しい判断を下していたのだから。

一六七三年、六月二十五日、日曜日

幕僚たちの議論が物別れに終わり、それから戦場の静けさは三時間も続かなかった。ダルタニャンが予見したように、敵軍が工事中の友軍を襲撃して、激しい戦闘が再開されたからである。銃士ダリニィの回想に戻ろう。

「モンブロン殿が判断を狂わせ、例の防護柵を構築しようと送り出した兵団は、多大な損失を出した。（マーストリヒト総督）ファルジョーが如何なる犠牲を払おうと、この機会に半月堡の奪還に乗り出す覚悟であるなどと、とんと予見できずにいたからである。反対に敵将は、同じ半月堡の奪取と斜堤の占拠で前夜に力をみせつけた国王銃士隊が、今や二隊とも塹壕《ざんごう》から移動したことを心得た上で、出撃隊を将校、軍曹、さらに若干の選び抜かれた確かな兵隊だけで組織していた」

オランダ軍は前夜の損失を取り戻し、フランス軍は半月堡を守るどころか、もはや命からがら撤退するために、懸命に武器をふるう始末である。この急展開をダルタニャンは自分の幕舎で聞いたらしい。時刻は午前十一時頃。前夜の激戦を担当して、銃士隊は非番であり、それは側近たちに囲まれた楽しい食事のひとときだった。

「食事が済むころ、あらゆる物音に耳を澄ませていたダルタニャン閣下は、おもむろに我々に申された。

「どうも料理が煮えているのは、攻撃にさらされている、あちらの半月堡のほうだ。かの地点を敵軍が制圧してしまう前に、我らも応戦に出ねばなるまい」

ダルタニャン閣下は、サン・レジェ(筆頭軍曹)に部隊を引率してくるようにと、またダリニィには三十人の国王銃士と、国王連隊に属するものでも、近衛連隊に属するものでも構わないから、六十人の擲弾兵を与えるようにと、さらに誰であれ、命令を受けた者しか戦闘に出さないようにと命令した。閣下は外に飛び出しながら、私に指示されたものである。昨夜友軍が攻撃した方面から半月堡を攻撃しろ。おまえには、わしのほうから追って指示を伝えると」

ダリニィが覚えているかぎり、これが銃士隊長の最後の言葉になった。身を投じた戦闘で大怪我を負い、この銃士が気づいたときは陸軍病院だったからである。したがって、これから先の展開は別な証言に基づかなければならない。ダルタニャンはモンマス公爵の志願を得て、半月堡の援軍に一緒に出ることを決めたようである。イギリス貴族アーリントン・オブ・キラード男爵が、渦中の様子を書き残している。

「公爵は武器を取ると、予想された地点には出ずに、敵軍の正面にある深い塹壕の底に飛びこまれた。公爵と共にいたのはチャールズ・オブライエン殿、ヴィラーズ殿、ロッキンガム卿の二人の御子息、ワトソン隊長と親族、サー・トーマス・アームストロング、チャーチル隊長、ゴドフリー隊長、ロー殿、そして私自身と公爵の小姓二人に三、四人の従者だった」

「かくて我々は剣を手に、敵軍の防護柵めざして進んだわけだが、そこは一度に男ひとりしか通れない狭道だった。ダルタニャン殿と麾下の銃士隊もいて、まことに勇敢に行動していた。このジェントルマンは軍で最も評判の高い男のひとりだった。そこは通るべきではないと、公爵を説得しようとなされたのだが、とんと聞き入れられないとみるや、このジェントルマンは殿下に付き添うことを望んだ。そうして、この狭道を抜けようとしたとき、頭に銃弾を受けて殺されてしまったのである」

なんの皮肉か、銃士隊の名前に係わるマスケット銃の一撃だった。若い公爵の無謀を止められず、といって守るべき要人を死地に放り出すわけにもいかず、ダルタニャンの死にざまは文字通りに身を挺した、いかにも一徹な近衛兵らしいものだった。若い世代の台頭というよりも、新しい武器、新しい技術、新しい理論の登場に戸惑いながら、これに容易に追随できない、ちゃんばら一途の旧時代の人間には、あるいは他に仕様がなかったのかもしれない。デュマが描いたように報いの元帥杖は届かず、銃士隊長は自慢の勇気を示すを最後に、無残に戦場の泥に塗《まみ》れただけだった。

モンマス公爵は生きのびた。五時間に及ぶ奮闘で挽回し、フランス軍も戦闘を制した。この六月二十四日、二十五日の戦勝が決定打となり、籠城のオランダ軍は抗戦は不可能と判断して、ほどなく降伏勧告に応じた。マーストリヒトの陥落は六月三十日のことである。が、この勝利を喜べずに、ルイ十四世は王妃に次の手紙を書いている。

「マダム、朕はダルタニャンを失ってしまいました。朕が最も大きな信頼を寄せていた男です。なにごとにつけても朕に良く仕えてくれた男です」

改めて、その人は希代の好漢だった。指揮官を慕う銃士は銃弾ふる危険など省みず、戦場に倒れた身体に何人も駆けよったといわれている。後方に運び戻したのは、筆頭軍曹サン・レジェだった。なんとか確保された遺体は、息子のような二人の従兄弟、ピエールとジョゼフの手でマーストリヒトの城壁の裾に埋葬された。銃士隊長が命を落とした戦場は、今日ではワルデンパークと呼ばれる平和な公園になっている。

Ⅳ　ダルタニャンの末裔

アレクサンドル・デュマ像の足下にギュスターヴ・ドレによるダルタニャンの像がある(パリ，マルゼルブ広場)

ダルタニャンの遺産

銃士隊長の戦没から半年、ダルタニャン夫人は事後処理のため、ようようブールゴーニュの領地からパリに上京を果たした。一六七三年十二月十九日、パリ代官の民事裁判次官ジャン・ル・カミュの立ち会いで、まずは残された二人の息子の後見が定められた。集められた親族のうち、後見人に選ばれたのは故人の長兄、息子たちには本家の伯父にあたるポール・ドゥ・バツ・カステルモールだった。ただポールは普段ガスコーニュに暮らしているため、日々の後見を取ることができない。この不都合を補うため、銃士隊長代理を務めた故人の従兄弟、ジャン・ルイ・カステラ・ドゥ・ラ・リヴィエールが後見監督人に、またヴァンセンヌ城付属礼拝堂参事会員ジェローム・フェランが、有償で役目を担う任意後見人に決められた。

続く十二月二十二日には、同じくル・カミュ立ち会いの下で、マラケ河岸のダルタニャン屋敷が開けられた。未亡人と二子の後見人が共同で求めるという形で、行われたのは亡き銃士隊長の遺産調査である。先に触れた、フーケ事件に関係すると思しき公文書が金庫から出てきた他は、特段に注目するべきものはなかった。その評価額は二台の四輪馬車と、壁の絨毯飾り、若干の骨董品、あとは故人の衣類を含めて、ほんの四千五百リーヴルほどであり、ダルタニャンが生前に占めた地位と声望からすれば、慎ましいというより、むしろ惨めな遺産である。ばかりか、別に多額の負債まであり、ために「得るものより失うものが多い」として、アンヌ・シャルロットは年が明けた一六七四年一月十三日、正式な相続放棄と財産共有制の破棄を宣言している。

仕事人間の四十余年に及んだ奮闘も、こうなると虚《むな》しいばかりか。いや、なにも遺産は換金できるものだけとは限らない。現に二人の息子は父親から、えがたく大きな遺産を、きちんと相続することができた。それは「ダルタニャン」という名前の威光であり、銃士隊長という地位で宮廷に、軍隊に開拓された人脈であり、なかんずく、なお胸に忠僕の記憶を留めるフランス王ルイ十四世の好意だった。

ダルタニャンの息子たちが正式な洗礼を授けられず、名前すら与えられていない異例の運びについては前述している。これに心を傷めたらしく、ルイ十四世は一六七四年、孤児となった兄弟をヴェルサイユに招き、三月三日には長男の、四月五日には次男の洗礼式を、それぞれ宮殿付属礼拝堂で挙行した。秘蹟を授けたのは、王権神授説で有名なボシュエ神父であるが、ダルタニャンの息子たちに与えられた特別待遇は、それに留まるものではなかった。当時の新聞『ガゼット・ドゥ・フランス』の記事を引こう。

「すぐる(三月)三日に、国王陛下は故ダルタニャン卿、すなわち銃士代理隊長であられた閣下の御長男の額に、王妃陛下と一緒に洗礼を授けるという名誉を与え、かつまた自らの御名前を賜られた。陛下は未亡人と子供たちに非の打ちどころなき御厚情を示し、陛下が故人の働きに覚えた御満足を大いに語られたものである」

「しばらくして後に王太子殿下が故ダルタニャン卿の御次男に、陛下が御長男になされたと同じように、オルレアン公家のマドモワゼル(グランド・マドモワゼル、モンパンシェ夫人)と一緒に洗礼を授けるという名誉を与えられた。国王一家は常に父上に抱いてこられた敬意の証を、御子息たちに示したいと望まれたのであった」

洗礼親を引き受けて、要するに王家が後援を確約したという意味である。ちなみに子供は洗礼親の名前を譲られる習慣だが、歴史に「ルイ王朝」というがごとく、王と王子が全く同じ名前なので、ダルタニャンの二人の息子は長男だけでなく次男も、以後は「ルイ」という名前で呼ばれることになる。

国王の厚遇は単なる名目ではなかった。すでに七三年のうちに、ルイ十四世は生前に銃士隊長が受けた年金の半額三千リーヴルを、引き続き息子たちに与えることを決めていた。文字通りに親代わりとして、さらに二人のルイの教育費も出している。次に引用するのは国王財務局の書類である。

「ジュアン殿の細君ジャンヌ・グアランに、二千六百二十リーヴルの支払いが命じられる。生前に国王銃士隊一番隊の代理隊長であられた故ダルタニャン卿の二人の御子息の養育と扶養のため。一六七三年九月十二日で終了する十五カ月分として。内訳は子供たちの年金あて八百七十五リーヴル、子供たちの従者あて二百五十リーヴル、ドイツ語教師あて三百五十リーヴル、武術師範あて百五十四リーヴル、ジュアン夫人が費やされた子供たちの衣服その他の必需品あて九百八十九リーヴル」

書類に現れる「ジュアン殿」とは、国王官房の執達吏を務めた人物である。その家にルイ十四世は寄宿を手配したらしく、二人のルイ・ダルタニャンに与えられた教育環境は、亡き銃士隊長が息子がわりの二人の従兄弟、ピエールとジョゼフのために整えた環境と比べても、まるで遜色がなかった。いや、王家の鷹揚な金の掛け方たるや、いっそう恵まれた待遇だといえる。なればこそ、我らが主人公は大きな遺産を残したというのだが、その効能は息子たちが歩んだ以後の経歴にも、少なからず影響を及ぼすものだった。二人ともパリで、そのまま軍職の道に進むからである。

息子たち

まず長男のルイだが、王宮大厩舎の小姓として宮仕えを始め、七五年のうちに近衛歩兵連隊の青年隊士になる。長男ということは、我らが主人公の筆頭相続人として、はじめから「ダルタニャン伯爵」を名乗れるわけで、その後光のおかげか、七八年サン・ドニの戦いで負傷した時点の記録で、もう旗手に昇進していた。未だ十代の下士官である。その次の隊長代理補に昇進するのが八八年で、今度は多少の時間を要したが、それでも二十代の若さだった。父親が耐えた下積みの苦労など、息子には無縁というわけである。だからこそ惜しまれるのだが、ルイ・ダルタニャンは八九年のヴァルクールの戦いで重傷を負い、これが元で退役を余儀なくされてしまった。

あとは三十歳を前にして、事実上の隠居生活である。隠居というのはガスコーニュに赴き、父親が生まれたカステルモール城で、静かな余生を送るからである。我らが主人公の長兄、老ポール・ドゥ・バッツは子供がなく、一六八七年五月二十四日付の遺言で、甥にあたる弟シャルルの長男を自分の相続人に指定していた。これを頼りにルイ・ダルタニャンはピレネの麓まで退き、一七〇三年三月二十三日に伯父ポールが九十四歳という異例の大往生を遂げた後には、予定通りカステルモール、リュピアック、アヴロン、エスパ等々の領地と、ナヴァラン総督のポストを受け継いでいる。

それにしても、なぜガスコーニュなのか。長男ルイはパリ生まれ、ブールゴーニュ育ちであり、ガスコンの血筋であるとはいいながら、ガスコーニュ自体は全く馴染みのない土地である。父親の故郷で暮らして、それが悪いというわけではないが、母親の故郷で暮らせない特別な事情があるとすれば、それは触れておかなければならない。他でもない、アンヌ・シャルロット・ドゥ・シャンルシィの奇妙な遺言である。

ダルタニャンの未亡人は二人の息子の洗礼を見届けると、すぐさま故郷のブールゴーニュに戻り、再び領地経営に励む日々だった。心血注いで守り続けた地所がサント・クロワ男爵領なわけだが、これをアンヌ・シャルロットは一六八三年十二月二十八日付の遺言で、次男のルイに相続させるとしたのだ。長男のルイには遺産の中から「この額で満足してもらえるよう懇願しながら」、現金三万三千リーヴルを与えると定め、その半額を死後六カ月以内に、もう半額を続く六カ月以内に兄息子に支払うよう、弟息子に義務づけたのみである。

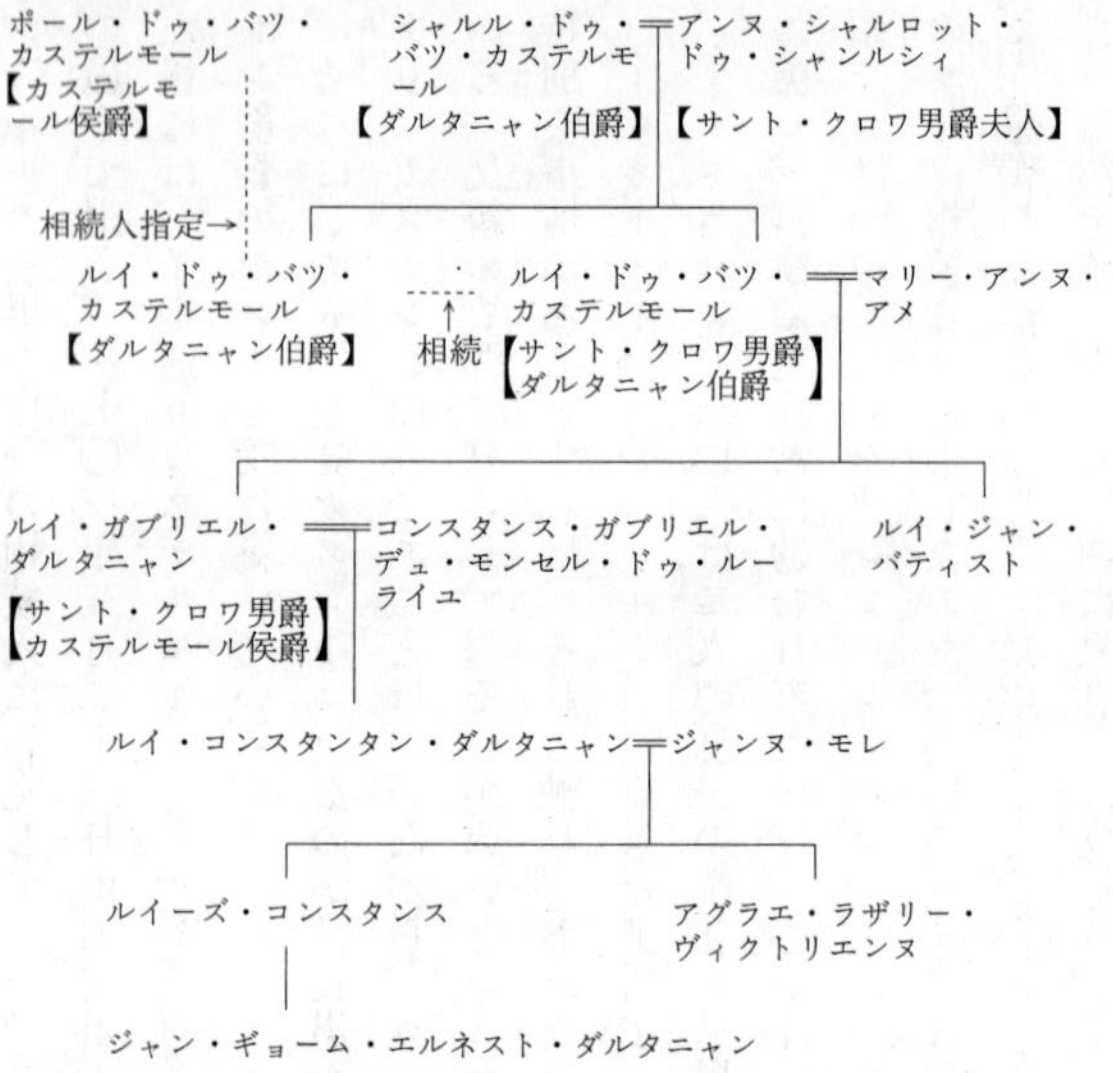

系図　ダルタニャン伯爵家

事実上の廃嫡だった。異例中の異例というべき処断で、しかも納得できる理由も特に述べられていない。母親は長男より次男のほうを愛していたのか。あるいは兄息子は父親から譲られて、すでに「ダルタニャン伯爵」なのだから、せめて弟息子を「サント・クロワ男爵」にするべきだという配慮か。

ダルタニャン夫妻が深刻な不仲に陥り、ためにアンヌ・シャルロットが次男を妊娠中に別居生活を決断した顛末は、前のほうで述べている。この常軌を逸した行動を深読みして、ダルタニャン夫人は不倫を働いたのではないか、次男は実は不義の子だったのではないかと、うがった見方があることにも触れている。うがった見方というが、今また女領主の不可解な遺言を目のあたりにすると、あながち意地悪な邪推とばかりも片づけられない気がしてくる。

さておき、納得できないのは長男のルイも同じだったらしく、この遺産相続に異議を申し立てている。次男のルイを相手に一年余の係争を展開して、ようやく合意が成立したのが、一六八五年一月二十八日である。兄は弟を母親の相続人と認めるかわりに、当初の三万三千リーヴルに加えて、シャンルシィ家の領地の半分を分けられることで妥協した。なんとか母親の遺産は確保したが、不快感は残らざるをえなかったのか、かくて長男ルイは父親の故郷ガスコーニュに下がるほうを選んだのである。

不幸といえば、ルイ・ダルタニャンは遂に結婚を経験せず、独身のまま一七〇九年十二月に世を去った。戦争の後遺症があったらしい。いずれにせよ、兄の早世を幸いとして、ブールゴーニュの領地と称号に合わせ、ガスコーニュの領地と称号まで手に入れたのが、ダルタニャン伯爵にしてサント・クロワ男爵、すなわち次男のほうのルイ・ダルタニャンである。

次男のルイも父親の威光と人脈で、なかなか立派な軍歴を歩んでいる。やはり近衛歩兵連隊に籍を置き、一六八九年には旗手に、一七〇三年には隊長代理補にと、順調な昇進を果たたした。洗礼親である王太子ルイの近侍としても宮廷に地位を築いて、最後は騎兵連隊長に抜擢されている。

結婚にも恵まれ、四十六歳を数えた一七〇七年に、ランス上座法廷の評定官ジャン・バティスト・アメの令嬢、マリー・アンヌを伴侶とした。サント・クロワ男爵領で新婚生活が始まり、さらに子供にまで恵まれたが、この点では恵まれすぎというべきか。ルイ・ダルタニャンは結婚前に、マリー・ドゥ・ミュラルトという恋人に、ソフィーという名の私生児を生ませている。

正式な結婚からも、きちんと嫡出子を儲けた。一七一〇年一月二十三日付で洗礼記録があるルイ・ガブリエルと、一七一四年十月一日付で洗礼記録があるルイ・ジャン・バティストの、見事に男子が二人である。もっとも次男は生後三年を経てからの洗礼だった。かくも幸福な家庭に災いが続いたからで、父親ルイ・ダルタニャンは一七一四年六月七日に、その後を追うように母親マリー・アンヌ・アメは十月六日に、それぞれ神の身許に召されている。

こたびは通常の相続が行われ、兄息子が順当に領地と称号を相続した。ただルイ・ガブリエルの代から「ダルタニャン伯爵」でなく、「カステルモール侯爵」を名乗るようになる。弟息子には七万五千リーヴルの現金が残されたが、ルイ・ジャン・バティストのほうは成年せずに早世した。

ルイ・ガブリエル・ダルタニャンには「カステルモール侯爵、サント・クロワとリュピアックの男爵、エスパ、アヴロン、メイメ他の領主」として、輝かしい人生が約束されていた。なかんずく孤児になるや、すぐさま祖父の従兄弟で今を時めくフランス元帥、ピエール・ダルタニャンが後見を引き受けてくれたのだ。ルイ・ガブリエルも軍職に進み、まず士官候補生として近衛銃士になった。ついで竜騎兵隊長となり、騎兵連隊長となり、ダルタニャンの孫も立派な経歴を踏んでいる。退役後はブールゴーニュ地方三部会に、貴族身分代表議員の席を占め、もう非の打ち所のない人生なようだが、一点だけ、どこかで聞いたような悪癖が記録されている。

そういう血が流れているということか、ルイ・ガブリエルには浪費癖があり、先祖伝来のカステルモール領も、サント・クロワ領も売却して、あとは死ぬまでパリの屋敷住まいだった。コンスタンス・ガブリエル・デュ・モンセル・ドゥ・ルーライユという貴族令嬢と結婚して、一緒の生活を始めたのも、一七四七年七月にルイ・コンスタンタンという息子を儲けたのも、一七八三年八月十五日に神の身許に召されたのも、フィーユ・サン・トマ通りにある屋敷、どういう皮肉か「アングルテール（イギリス）館」と呼ばれた建物での話である。

さらに話を進めれば、我らが主人公の曾孫ルイ・コンスタンタン・ダルタニャンも、今や家門の伝統とばかりに軍職に進み、一七六四年から七三年までシュトラスブールで、外国人騎兵部隊の将校として働いている。ジャンヌ・モレという女性と結婚して、七五年五月四日に長女ルイーズ・コンスタンスを、七六年九月四日に次女アグラエ・ラザリー・ヴィクトリエンヌを儲けているが、そろそろ大革命も来ることだし、ダルタニャンの末裔を辿《たど》る旅も終わりにしよう。時代の荒波に負けず、ルイーズ・コンスタンスが一八〇九年に男児を産み、このジャン・ギヨーム・エルネスト・ダルタニャンという息子がリヨン市で結婚して、銃士隊長の家系を今日まで伝えているなどと明かしたところで、さほどの意味もないからである。無論のこと、貧乏ガスコンの子孫も時代を重ねるほどに、旧家として、名門として、順当に社会的な地位を高めている。が、そんなものは所詮が知る人ぞ知る程度にすぎず、ダルタニャンという世界で最も有名なフランス人の末裔たるには、なんとも物足りないのである。

歴史小説の主人公

真にダルタニャンの末裔というならば、それはクールティル・ドゥ・サンドラスによる偽回想録の語り手であり、なかんずく大デュマの小説に登場する痛快な主人公にならざるをえない。あるいは不朽の名作に刺激された、数えきれないほどの小説、戯曲、映画等々に登場する快男児たちも、これに含めることができようか。いずれにせよ、後世の虚構のほうが偽りない史実を圧倒して、燦然と光り輝いている事実は否めない。が、これらの作中人物たちは、十七世紀の現実にダルタニャンという男が実在していなければ、やはり生まれえないものなのだ。後世の作家たちの創作意欲を刺激して、やはり最も偉いのは史実の人物ということになる。

では、なにが偉いのか。ダルタニャンの史実を掘り起こしてみれば、辺境の貧乏貴族から出発して、銃士隊長に登り詰め、なかなか大した人物だといってよい。とはいえ、今ひとたび視野を大きく広げれば、ルイ十四世のような名君でなく、コルベールやル・テリエのような権勢家でなく、またコンデ大公やテュレンヌ元帥のような武勲も挙げられず、ヴォーバン元帥のような特殊技能も持たない。最初の断定を裏切ることなく、やはりダルタニャンなどは、ちょっと成功した一軍人にすぎなかった。だというのに、その足跡を追うほどに、また史実の人物も魅力的に思えてくるから、よくよく不思議な話である。平凡な人間を魅力的に見せながら、あるいは真に偉大なのは、十七世紀フランスという希有な時代と場所だったのかもしれない。

なるほど、それは歴史に「大世紀」と呼ばれながら、フランスが最も輝いていた時代である。が、これを強大な軍隊の活躍だとか、洗練された宮廷文化の開花だとか、ヨーロッパに覇を唱えた上辺の栄光のみで捉えては、恐らく本質を理解したことにはなるまい。というのも、私は本書を書き進めているうちに、なにより十七世紀フランスの魅力とは、実は公私の混在なのではないかと考えるようになったからだ。

私がいう「公」とは、国家であり、政府であり、法であり、組織であり、さらには常識の共有を求める社会であり、そのスタンダードを創り出す中央のことである。そのまま今日と同じではないながら、十七世紀フランスも確かにフランスとしてあった。ヨーロッパ随一の完成度において、王国としての国家があり、強権的な政府があり、同時に続々と制定される法があり、これらを実際に働かせる官僚機構と軍隊があり、また言語、服装、食べ物、飲み物、礼儀作法と人々の生活を枠に嵌《は》める社会があり、これを生み出す文化の発信地としてのパリがあり、またヴェルサイユがあったからだ。

こうした前提が整えられているために、軍隊という厳格な組織に属し、また宮廷という複雑怪奇な社会に生きたダルタニャンの実像は、どこか当世サラリーマンの悲喜劇を思わせるところがある。それが時代と場所の違いを越えて、現代の日本人にも親しみやすい所以《ゆえん》なわけだが、裏を返せば、また我々も「公」に縛られながら、窮屈な日々を生きているということである。

誰もが国家に属し、政府を認め、法に従い、また組織では例外なく上意下達の鉄則を遵守する。「公」にあって、個々の人間は主観を持つことさえ許されず、もはや全体を機能させるための、一個の歯車であるにすぎない。反社会的な行動は必ず眉を顰《ひそ》められ、また世の動きと誰もが無関係ではいられないのだ。公私混同は許されない、きちんと区別しなければならないと、すでにして美徳に持ち上げられながら、他方で「私」のほうはといえば、非常に限られた領分に狭められ、ことによると今や自分の内面にしか持ちえなくなっている。心の豊かさと言葉にすれば、それも結構な話であるが、十七世紀フランスの人間は少なくとも、いじいじと内に籠もるばかりではなかった。

実際のところ、ダルタニャンが生きた「公」は今日のそれとは別物である。常に「私」が混在しているからである。役人も軍人も公職を金で買い、自分の都合で株や不動産のように扱う。あるいは公金と私金の区別がない。公金横領など日常茶飯事であると同時に、どこかの銃士隊長のように、国王の兵隊に制服を着せるにも自腹を切り、借金まで作り、なのに疑問を抱かない男もいる。天下の銃士隊は自分のものだと思うからである。私情を丸出しに、やたらと親戚縁者を贔屓《ひいき》して、また部下のほうでも身内でないと思えば、たとえ上官でも従わない。パリといい、ヴェルサイユといいながら、こうした場所にもガスコーニュのような地方が移植されていて、その泥くさい人脈で大いに幅を効かせている。十七世紀フランスでは「私」の気概が、きちんと外に具体的な形を取りながら、ときに「公」など圧倒してしまうのである。

この本音で生きる人間の姿に、とりすました現代人は魅了される。失われた価値だと思えば、なおのことである。そんなもの、今に受け継がれるわけがない。ダルタニャンが経験した、フロンドの乱を想起されたい。公私が混在していれば、法は絶対の価値を失い、だから政府は好きに圧政を敷くことができた。これが気に入らないとなれば、また不満勢力のほうも単なる私情で、あっけなく反乱を起こしてしまう。こんな出鱈目では困る。常に相対的な「私」は厳正な「公」の名の下に排除され、かくて近代法治国家が育まれる。が、そうして手に入れた理想郷であるはずの現代に、人間は必ずしも満足しているわけではない。その渇きを癒す一服の清涼剤こそ、すぎさった歴史であるとするならば、魅力的と感じるものは時代に輝く新しさでなく、むしろ時代を曇らす古さであるに違いない。

実際のところ、十七世紀フランスに生き長らえた「私」の気概は、中世以来の伝統的な貴族のエートス、いうところの騎士道精神に他ならなかった。なんとなれば、騎士には自分がある。小さいながらも、一城の主だからである。領内では自分の私的な正義が、すなわち皆の公的な正義である。であれば、自分があるというよりも、騎士は自分を持たなければならなかった。公正な正義を唱えるためには、常に自分に厳しくあらねばならない。高く志を掲げ、信じるところを曲げずに貫かなければならない。正義を実現するために、ときには剣の鞘も払わなければならない。ために騎士は一騎当千とされるわけだが、そうした理想は理想として、多勢に無勢の現実は現実としてある。それぞれは弱くとも、皆で力を合わせたほうが、ひとりの英雄より強い。だからこそ、「私」の気概は「公」の大義に敗北せざるをえないのだが、それにしても多勢に迎合する輩《やから》の、なんと見苦しいことか。

この文脈でいうならば、余人に惑わされることなく、あくまで己の信念を貫く勇気こそは、騎士道精神の真髄である。わかってはいるが、これを現代人は実行できない。がちがちに縛られて、今や実行できる世の中ではないからである。が、十七世紀フランスは違う。少なくともダルタニャンは違う。この快男児も我々と同じ公人であり、確かに上役の命令とあらば、財務長官の逮捕を躊躇できなかった。が、私人としてフーケに恨みがあるわけではない。人間として誠意を尽くして、なんら恥じるところはない。ああ、命令には従う。護送もすれば、馬車も止めない。ただ歩みを弛《ゆる》めて、囚人に家族との再会を許したからと、それで咎《とが》められる謂《い》われはない。そうして誇示された一片の勇気にこそ、我々現代人は拍手喝采を惜しまないのではなかろうか。

現実を生きる等身大の人間でありながら、ダルタニャンは伝統の騎士道精神を、廃《すた》れゆく超人の価値観を見事に表現してくれた。それは気高くあろうと、常に自問し、のみならず行動する人間のことである。なるほど、歴史小説の主人公になるはずだ。なるほど、世界で最も有名なフランス人になるはずだ。なるほど、ダルタニャンは断じて「マスケット銃兵」ではなかったのだ。「銃士」という日本語は、誇りある「騎士」の末裔を連想させる。デュマの名作を誰が最初に訳したのか知らないが、『三銃士』とは蓋《けだ》し名訳というべきである。

佐藤賢一

1968年山形県鶴岡市に生まれる
東北大学大学院博士課程単位取得退学
現在—作家
著書—『二人のガスコン』(講談社)
『ジャガーになった男』『傭兵ピエール』
『赤目のジャック』『王妃の離婚』(直木賞受賞作)『カルチェ・ラタン』(以上，集英社)
『双頭の鷲』(新潮社)
『カエサルを撃て』(中央公論新社)

ダルタニャンの生涯　岩波新書(新赤版)771

2002年2月20日　第1刷発行

著　者　佐藤賢一《さとうけんいち》

発行者　大塚信一

発行所　株式会社 岩波書店
〒101-8002 東京都千代田区一ツ橋2-5-5

電　話　案内 03-5210-4000　営業部 03-5210-4111
新書編集部 03-5210-4054
http://www.iwanami.co.jp/

印刷・精興社　カバー・半七印刷　製本・中永製本

ISBN 4-00-430771-6　Printed in Japan

岩波新書創刊五十年、新版の発足に際して

岩波新書は、一九三八年一一月に創刊された。その前年、日本軍部は日中戦争の全面化を強行し、国際社会の指弾を招いた。しかし、アジアに覇を求めた日本は、言論思想の統制をきびしくし、世界大戦への道を歩み始めていた。出版を通して学術と社会に貢献・尽力することを終始希いつづけた岩波書店創業者は、この時流に抗して、岩波新書を創刊した。

創刊の辞は、道義の精神に則らない日本の行動を深憂し、権勢に媚び偏狭に傾く風潮と他を排撃する驕慢な思想を戒め、批判的精神と良心的行動に拠る文化日本の躍進を求めての出発であると謳っている。このような創刊の意は、戦時下においても時勢に迎合しない豊かな文化的教養の書を刊行し続けることによって、多数の読者に迎えられた。戦争は惨澹たる内外の犠牲を伴って終わり、戦時下に一時休刊の止むなきにいたった岩波新書も、一九四九年、装を赤版から青版に転じて、刊行を開始した。新しい社会を形成する気運の中で、自立的精神の糧を提供することを願っての再出発であった。赤版は一〇一点、青版は一千点の刊行を数えた。

一九七七年、岩波新書は、青版から黄版へ再び装を改めた。右の成果の上に、より一層の課題をこの叢書に課し、閉塞を排し、時代の精神を拓こうとする人々の要請に応えたいとする新たな意欲によるものであった。即ち、時代の様相は戦争直後とは全く一変し、国際的にも国内的にも大きな発展を遂げながらも、同時に混迷の度を深めて転換の時代を迎えたことを伝え、科学技術の発展と価値観の多元化は文明の意味が根本的に問い直される状況にあることを示していた。

その根源的な問は、今日に及んで、いっそう深刻である。圧倒的な人々の希いと真摯な努力にもかかわらず、地球社会は核時代の恐怖から解放されず、各地に戦火は止まず、飢えと貧窮は放置され、差別は克服されず人権侵害はつづけられている。科学技術の発展は新しい大きな可能性を生み、一方では、人間の良心の動揺につながろうとする側面を持っている。溢れる情報によって、かえって人々の現実認識は混乱に陥り、ユートピアを喪いはじめている。わが国にあっては、いまなおアジア民衆の信を得ないばかりか、近年にいたって再び独善偏狭に傾く惧れのあることを否定できない。

豊かにして勁い人間性に基づく文化の創出こそは、岩波新書が、その歩んできた同時代の現実にあって一貫して希い、目標としてきたところである。今日、その希いは最も切実である。岩波新書が創刊五十年・刊行点数一千五百点という画期を迎えて、三たび装を改めたのは、この切実な希いと、新世紀につながる時代に対応したいとするわれわれの自覚とによるものである。未来をになう若い世代の人々、現代社会に生きる男性・女性の読者、また創刊五十年の歴史を共に歩んできた経験豊かな年齢層の人々に、この叢書が一層の広がりをもって迎えられることを願って、初心に復し、飛躍を求めたいと思う。読者の皆様の御支持をねがってやまない。

（一九八八年一月）